COLLECTION FOLIO

Robert Seethaler

Le Champ

Traduit de l'allemand (Autriche)
par Élisabeth Landes

Gallimard

Titre original :
DAS FELD

Robert Seethaler est né en 1966 à Vienne. Également acteur et scénariste, il vit à Berlin. Après *Le tabac Tresniek*, qui a rencontré en France un très bel accueil critique et public, *Une vie entière*, élu livre de l'année par les libraires d'outre-Rhin, *Le Champ* et *Le dernier mouvement* confirment la profondeur de son talent d'écrivain, capable de mener avec une grande simplicité son lecteur au plus près de ses émotions.

And you who loiter around these graves
Think you know life.

Et toi qui t'attardes entre ces tombes,
Tu crois connaître la vie.

EDGAR LEE MASTERS
Spoon River Anthology

Les Voix

L'homme contempla les tombes éparses, comme jetées au hasard devant lui dans le pré. L'herbe était haute, les insectes bourdonnaient dans l'air. Perché sur le mur friable envahi de massifs de sureaux, un merle chantait. L'homme ne pouvait pas le voir. Depuis un moment déjà sa vue baissait ; ça empirait chaque année, mais il se refusait à porter des lunettes. Elles présentaient des avantages, or il ne voulait rien savoir. Lorsqu'on lui demandait pourquoi, il disait qu'il s'y était fait maintenant et qu'il se sentait bien dans le flou croissant de son environnement.

Quand le temps le permettait, il venait chaque jour. Il flânait un moment parmi les tombes, puis allait s'asseoir sur un banc de bois sous un bouleau tordu. Le banc n'était pas à lui, mais il le considérait comme le sien. C'était un vieux banc vermoulu, personne d'autre n'aurait fait confiance à un tel banc. Lui pourtant le saluait comme un être humain, passait la main sur le bois et disait : « Bonjour », ou : « Quel froid, cette nuit, non ? »

C'était la partie la plus ancienne du cimetière de Paulstadt, que beaucoup appelaient simplement le Champ. Autrefois il y avait là une friche qui appartenait à un fermier nommé Ferdinand Jonas. C'était une mauvaise terre jonchée de pierres et de boutons-d'or toxiques, que le paysan s'était empressé de refiler à la commune à la première occasion. Elle ne valait rien pour les bêtes, elle ferait bien l'affaire pour les morts.

Il n'y venait presque plus personne. Le dernier enterrement remontait à des mois, l'homme avait oublié qui c'était. En revanche il gardait un souvenir très net d'un autre enterrement bien plus ancien, où par un jour pluvieux de fin d'été on avait inhumé la fleuriste Gregorina Stavac. Gregorina avait croupi plus de deux semaines dans son arrière-boutique, tandis qu'au magasin la poussière s'accumulait sur les fleurs fanées. Avec la poignée de personnes qui assistait aux obsèques, il avait d'abord écouté les paroles du prêtre sur sa tombe, puis juste le bruissement de la pluie. Il n'avait jamais échangé plus de quelques mots avec la fleuriste, mais depuis la fois où sa main avait touché la sienne en payant il se sentait étrangement lié à cette femme d'apparence anodine, et quand les employés du cimetière commencèrent à l'ensevelir, des larmes coulèrent sur ses joues.

Presque chaque jour il s'asseyait sous le bouleau et laissait son esprit vagabonder. Il songeait aux morts. Il avait connu personnellement beaucoup de ceux qui reposaient là ou les avait croisés au moins une fois dans sa vie. La plupart étaient des citoyens lambda de Paulstadt : artisans, commerçants, employés des magasins de la Marktstrasse ou des petites rues adjacentes.

Il essayait de se remémorer leurs traits et se composait des images d'eux à partir de ses souvenirs. Il savait que ces images ne correspondaient pas à la réalité, qu'elles n'avaient peut-être aucune ressemblance avec les personnes qu'elles avaient été de leur vivant. Mais ça lui était égal. Ces visages qui surgissaient et s'éclipsaient dans sa tête lui plaisaient et, parfois, il riait sous cape, le buste penché, les mains croisées sur le ventre, le menton incliné sur la poitrine. Si quelque employé communal ou promeneur égaré l'avait observé de loin dans ces moments-là, il aurait peut-être cru que l'homme priait.

La vérité, c'est qu'il était convaincu d'entendre parler les morts. Il ne comprenait pas ce qu'ils disaient, pourtant il percevait leurs voix avec la même acuité que le gazouillis des oiseaux et le bourdonnement des insectes autour de lui. Quelquefois il se figurait même distinguer des mots ou des bribes de phrases dans cet essaim de voix, mais il avait beau écouter, il ne parvenait jamais à assembler ces fragments en un discours sensé.

Il s'imaginait ce que ça donnerait si chacune de ces voix avait l'occasion d'être entendue encore une fois. Évidemment elles parleraient de la vie. Il se disait que l'homme n'était peut-être en mesure d'évaluer définitivement sa vie qu'après s'être débarrassé de sa mort.

Mais peut-être les morts ne s'intéressaient-ils pas aux choses qui étaient derrière eux. Peut-être parlaient-ils de là-bas. De ce que ça fait d'être de l'autre côté. Rappelé. Arrivé. Accueilli. Transformé.

Puis il écartait ce genre de pensées. Elles lui paraissaient sentimentales, carrément risibles, et le soupçon l'effleurait que les morts, comme les vivants, se répandraient en banalités, en gémissements et en fanfaronnades. Ils présenteraient leurs doléances et idéaliseraient leurs souvenirs. Ils geindraient, brailleraient, médiraient. Et bien sûr ils parleraient de leurs maux. Ils ne parleraient peut-être que de ça, de leurs infirmités, et de leur mort.

L'homme resta assis sur le banc sous le bouleau tordu, jusqu'à ce que le soleil s'éclipse derrière le mur du cimetière. Il étendit alors les bras comme pour embrasser le bout de terre devant lui, puis les laissa retomber. Il inspira une dernière bouffée d'air. L'air sentait la terre humide et la fleur de sureau. Puis il se leva et partit.

Dans la Marktstrasse la soirée commençait, les commerçants rentraient les caisses et les stands de sous-vêtements, de jouets, de savons, de livres et autres camelotes. Partout les rideaux de fer claquaient, et du bout de la rue retentissaient les cris du marchand de primeurs qui distribuait ses derniers melons, juché sur une caisse.

Il marchait lentement. Il frémissait à l'idée de

passer la soirée à la fenêtre en regardant la rue. De temps à autre il levait la main pour répondre au salut de quelqu'un qu'il ne reconnaissait pas. Voilà un homme heureux, qui savoure chaque pas sur le pavé chaud, devaient penser les gens ; mais lui-même se sentait peu assuré, étranger dans sa propre rue.

Il s'arrêta devant l'ancienne boucherie chevaline Buxter et se pencha vers son reflet dans la vitre. Il aurait bien aimé s'y voir jeune. Mais dans les yeux qui le fixaient ne brillait rien qui pût encore enflammer son imagination. Son visage était simplement vieux, gris, et assez informe. Une petite feuille vert tendre s'était tout de même égarée dans ses cheveux. Il l'ôta d'une pichenette et détourna les yeux. De l'autre côté de la rue passait Margarete Lichtlein, qui avait l'esprit dérangé et tirait sa charrette pleine de courses imaginaires. Il hocha la tête en la suivant du regard et poursuivit sa route. Il hâtait un peu le pas maintenant. Une pensée lui était venue, ou plutôt une intuition, qui portait sur le temps de sa vie : jeune homme il voulait passer le temps, puis il aurait voulu le retenir, et à présent qu'il était vieux il ne souhaitait rien plus ardemment que le retrouver.

Telle était la pensée du vieil homme. Il ne savait pas encore quel profit il pourrait en tirer, mais d'abord il allait rentrer à la maison. Car, avec le coucher du soleil, l'air s'était rafraîchi. Il irait se servir un petit verre dans le buffet. Puis il passerait son confortable pantalon brun et s'assiérait à la table de la cuisine – en tournant le dos à la fenêtre. Il se disait en effet que c'est seulement en tournant le dos au monde, en toute tranquillité, sans être distrait par rien, qu'on pouvait suivre le cours d'une pensée.

Hanna Heim

Quand je suis morte, tu étais auprès de moi et tu tenais ma main. Je ne trouvais pas le sommeil. Je n'avais plus besoin de sommeil depuis longtemps. Nous parlions. Nous nous racontions des histoires et nous souvenions. Je te regardais, j'ai toujours aimé te regarder. Tu n'étais pas beau. Tu avais le nez beaucoup trop grand, les paupières fatiguées et la peau pâle et marbrée. Tu n'étais pas beau, mais tu étais mien.

Te souviens-tu ? J'étais nouvelle au *lycée*, et dès le premier jour, dans la salle des profs, tu m'as demandé ce qu'avait ma main. Elle est estropiée, ai-je répondu, il n'y a rien à faire. Tu l'as prise et tu l'as examinée. Puis tu as désigné la cour par la fenêtre en disant, tu vois l'arbre là-bas ? Ses branches ne sont pas estropiées, elles sont juste tordues, et c'est parce qu'elles poussent vers le soleil. Pour être franche, j'ai trouvé ça un peu tiré par les cheveux. Mais la façon dont tu passais ton pouce sur mes doigts m'a plu. Et j'aimais ton nez incroyablement long. Je crois que je te trouvais assez excitant.

Cinquante ans plus tard tu tenais toujours ma main. C'était comme si tu ne l'avais jamais lâchée, et je te l'ai dit. Tu as ri et tu as répondu, c'est vrai, jamais !

Je ne me souviens plus de mes dernières paroles. Mais bien sûr elles s'adressaient à toi, comment pourrait-il en être autrement ? Je t'ai encore demandé d'ouvrir la fenêtre. Je pensais qu'un peu d'air frais me ferait du bien. Mais ensuite ? Qu'est-ce que j'ai dit ensuite ?

Je me souviens pourtant bien des premières paroles que je t'ai adressées. C'était avant cette conversation en salle des profs. En arrivant le matin, je t'avais vu traverser la cour du lycée devant moi. Et je t'ai arrêté pour te demander où était le bureau du directeur, excusez-moi, je suis nouvelle, pourriez-vous m'aider ? Je te l'ai demandé alors que je savais où c'était. Tu t'es borné à me dire, suivez-moi, mademoiselle, puis tu m'as précédée en silence. Tu marchais à grands pas pesants, le buste un peu courbé, les mains croisées dans le dos, comme tu l'as toujours fait. Le soleil brillait, et l'ombre du portail dessinait un large motif à rayures sur le sol de béton. Je portais une robe droite vert menthe à col blanc. La robe était héritée d'une de mes tantes, et j'avais passé des heures à la mettre à ma taille. J'en avais découpé le col dans une vieille chemise de mon père. J'espérais qu'il me donnerait l'air d'une fille hardie, pleine d'assurance. Mais, en traversant la cour derrière toi, je l'ai trouvé démodé, guindé, et j'ai eu honte.

N'est-ce pas étrange : je me souviens de la couleur de la robe que je portais il y a tant d'années, mais je ne me souviens plus en quelle saison je suis morte.

Je n'aurais jamais pensé que tu puisses être un prof. Une partie de moi était sans doute restée sur les bancs de l'école avec ses tresses et son cartable : dans mon esprit tous les profs étaient forcément vieux. Des hommes et des femmes vieux et gris qui sentaient le café et la craie, dont l'autorité s'était usée au fil des ans comme les coudes de leurs gilets de laine. Mais toi tu étais jeune. Tu portais une chemise froissée avec un col ouvert et des sandales de cuir. Personne ne portait de sandales à cette époque. Je t'ai peut-être pris pour un père d'élève ou le concierge, je ne sais plus, en tout cas pas pour un prof. D'ailleurs je ne pensais peut-être rien de tout ça en allant vers le bâtiment derrière toi, j'observais peut-être seulement tes mains dans ton dos. Le bout de tes doigts était rose, comme incandescent, on aurait dit qu'ils luisaient tout seuls de l'intérieur.

Tu as ouvert la fenêtre. Ta silhouette en ombre chinoise. Le rideau qui se gonfle un instant dans le courant d'air. La clarté. Il devait faire encore jour. Ou déjà de nouveau ? Quand tu t'es levé pour gagner la fenêtre, tu as reposé ma main. Tu ne l'as pas simplement lâchée, tu l'as posée sur l'oreiller tout près de ma tête, et j'ai respiré mes dernières bouffées d'air dans ma petite main estropiée.

Tu n'aimais pas le café. Le café noircit les dents et surtout il noircit les cœurs, as-tu dit en salle des profs, regarde autour de toi : tous ces collègues au cœur noir, tous des créatures du diable ! Quelques-uns ont ri. La plupart ont feint de n'avoir rien entendu. Seul le vieux génie des mathématiques Juchtinger t'a pris au mot. Il a ouvert la fenêtre et laissé entrer l'air chaud. Éclaire-nous, nous pauvres artisans des ténèbres, a-t-il crié en clignant ses yeux fatigués dans la clarté estivale.

Allongée sur le lit, j'écoutais le grondement sourd des tuyaux de chauffage dans le mur. (Donc c'était l'hiver ?) De ces souffrances qui m'avaient déchirée si longtemps mon corps ne gardait plus qu'un léger souvenir. À un moment donné elles avaient disparu, et je savais que ce répit signifiait le début de l'adieu définitif. Mais il restait encore un peu de temps. Et tu étais au bord du lit, tu tenais ma main. Et nous nous parlions…

Venez, mademoiselle ! Je n'ai pas saisi tout de suite l'ironie du mot. Le « mademoiselle » me paraissait naturel. Nous marchions l'un derrière l'autre sur la grille d'ombre du sol de béton. J'entendais l'écho de nos pas renvoyé par les murs, roses au soleil du matin. Nous marchions en silence. Mais ça me revient : nous avons tout de même parlé, juste avant de pénétrer dans l'ombre du préau. Attention, as-tu dit. Et j'ai dit : Oui. Mais de quoi voulais-tu m'avertir ?

Ta silhouette à la fenêtre. Les épaules un peu voûtées. Ton dos mince, si mince. Et derrière, maintenant encore, tes mains croisées. Combien de fois t'ai-je vu debout ainsi ? Depuis le premier jour dans l'appartement tu as aimé regarder en bas dans la rue. Parfois, en revenant des cours de l'après-midi ou des courses, je t'apercevais de loin debout à la fenêtre. Quand je portais des sacs pesants, je les posais pour te faire signe de la main. Weichselstrasse 11, deuxième étage. Qui aurait cru que notre premier appartement commun serait aussi le dernier ?

Quand nous avons pénétré dans le bâtiment, tout à coup tu as disparu. Une baisse de tension sûrement, j'avais à peine dormi, rien avalé le matin, je suis restée quelques instants dans une obscurité qui tanguait. Quand j'ai refait surface, tu étais déjà au grand escalier. Sans t'occuper de moi, tu montais rapidement les marches, deux par deux. Je t'ai suivi. Nos pas claquaient et résonnaient dans la fraîcheur silencieuse.

Tu tenais ma main. Ton pouce caressait mes doigts, ces petites branches tordues. Ton autre main reposait sur tes genoux. Quand tu parlais, tes yeux étaient fermés. Derrière les paupières, les globes oculaires couraient après les images. La lumière du jour baignait ton visage. Puis celle de la nuit. Souvent j'entendais le tic-tac de la montre-bracelet sur tes genoux, et les jours et les nuits passaient comme des heures, contractés. Quelquefois nous nous endormions ensemble, et quand nous nous réveillions, rien n'avait changé.

Tu m'as demandé d'où je venais, et j'ai fait l'idiote. Du dehors, évidemment ! ai-je dit. J'imagine que je trouvais ça audacieux. En bas dans la cour on entendait maintenant les cris perçants des enfants. Exhalant un soupir collectif, la salle des profs a commencé à s'animer. Le vieux Juchtinger a d'abord fermé la fenêtre, puis les yeux. Ton pouce s'était immobilisé. Dehors c'est très loin, mademoiselle, mais maintenant vous êtes là !

Tu as posé ma main sur l'oreiller. L'étoffe était lisse et fraîche au toucher. Mon souffle chaud. Le craquement des lattes sous tes pas. Ton dos, tes épaules dans l'embrasure de la fenêtre ouverte. Autour de toi la lumière semblait pulser. Je crois que j'ai entendu une tondeuse pétarader. Ou était-ce le chasse-neige ? T'ai-je dit de refermer la fenêtre ? T'ai-je parlé du lendemain ? T'ai-je dit que je t'aimais ? Te souviens-tu ?

Gerd Ingerland

« Dans ce monde il y a les moutons et il y a les loups, mais on ne choisit pas. Ce n'est pas toi qui décides, tu comprends ? Ce n'est pas une question de décision, c'est le destin. Toi tu as de la chance : tu es un loup. Tu es fort et pugnace. Tu ne te fais pas bouffer, c'est toi qui bouffes. Personne n'a jamais goûté la chair du loup. Le destin est de ton côté. Tu es des nôtres. »

J'avais dix ans quand papa m'a dit cela. Il travaillait dans une banque, et une imposante rangée de cravates et de costumes repassés et brossés s'alignait dans sa penderie. « C'est très bien comme ça et ça va de mieux en mieux », disait-il, assis sur le divan en parcourant la pièce du regard. Maman qui était à côté de lui posait sa main sur la sienne en acquiesçant. Ses doigts jouaient avec les longs poils noirs du dos de sa main. Je n'ai jamais compris si elle aimait ces poils ou les détestait. À sa manière de les soulever et de les tirailler, on aurait dit qu'elle voulait les arracher.

Mon premier souvenir n'a pas à voir avec les poils mais avec les cheveux. Je suis tout petit, assis par terre derrière un rideau. Une fenêtre est ouverte quelque part, le rideau bouge, la lumière du soleil chatoie à travers l'étoffe. Puis il est tiré, et ma mère apparaît, debout, elle pleure. Ou peut-être qu'elle rit, dans mon souvenir ça ne fait pas de différence. Elle me soulève. Ses cheveux sentent la cuisine et le dimanche matin. Ils sont longs et blonds, j'ai l'impression qu'ils pourraient recouvrir tout mon corps, que je pourrais disparaître dans les cheveux de maman.

Plus tard nous avons emménagé dans un appartement sous les combles, derrière la Marktstrasse. L'appartement était exigu et bas de plafond, mais je pouvais observer les pigeons sur les toits tout autour. Parfois on apercevait un faucon crécerelle, et au crépuscule les chauves-souris titubaient au-dessus des cheminées comme de petites ombres ivres.

Je collectionnais les scarabées, les mouches et autres insectes. J'essayais de les attraper vivants et les fourrais dans une petite boîte en fer. En plaçant la boîte contre l'oreille, on pouvait les écouter mourir. Puis ils séchaient lentement et devenaient durs comme des cailloux.

Papa allait à la banque, moi j'allais à l'école, et chaque matin avant le petit déjeuner maman posait nos affaires sur le dossier des chaises : un costume propre pour lui, un pantalon et une chemise pour moi. Elle le faisait avec un drôle de sourire oblique. Elle faisait presque tout avec ce drôle de sourire sur la figure. Je ne savais pas exactement ce qu'il signifiait, mais je me disais qu'elle était peut-être fière de nous.

Je grandis, j'eus des amis, commençai à m'intéresser aux filles, et l'école ne me posait aucun problème. Tout allait bien. J'avais cru comprendre que la vie était une affaire rentable. Sans bien savoir où elle me mènerait, j'étais sûr d'avoir trouvé la bonne voie.

Puis il est arrivé quelque chose. C'était la fin de l'été, je venais d'avoir dix-sept ans. Nous traversions à trois la cour du lycée, une vaste étendue bétonnée sans ombre. Devant nous s'élevait le portail en fer forgé qui donnait sur la rue. Il était haut comme une maison, et noir avec des pointes dorées qui brillaient au soleil de l'après-midi. Une nuée de jaseurs des neiges est passée dans le ciel en jetant sur la cour une ombre scintillante. La nuée est montée et descendue dans l'air telle une écharpe au vent, puis elle a plongé derrière le bâtiment du lycée et disparu. Il faisait chaud. Les chewing-gums de générations d'élèves avaient molli sur le béton et collaient sous nos semelles à chaque pas.

Dans la rue nous sommes tombés sur Johannes Storm, un garçon de la classe d'à côté. Il n'était pas très grand, mais large d'épaules, avec un torse extraordinairement bombé. Il avait une grosse tête enfantine et des cheveux blonds, courts. Ses yeux étaient très rapprochés, et quand il parlait à quelqu'un, il peinait à le regarder en face. Personne ne le fréquentait en dehors du lycée. Mais tout le monde savait qu'il vivait avec sa mère, une femme rude qui balayait le trottoir des magasins de la Marktstrasse et nettoyait les vitrines.

Il fumait. Et il scrutait le sol comme s'il avait recelé quelque chose d'infiniment passionnant. Nous nous sommes postés devant lui, et je lui ai réclamé une cigarette. Il n'a même pas secoué la tête. Une rangée de minuscules gouttelettes de sueur perlait sur sa tempe. Dans la main gauche il tenait la cigarette, la droite était dans sa poche. J'ai dit que je ne voulais pas la bagarre, juste une cigarette. Il n'a pas répondu. Un camion bourré de gravats et de bouts de métal est passé dans un bruit de ferraille. La main du conducteur pendait à la vitre, ses doigts battaient sur la tôle la mesure d'une musique inaudible. Le camion a tourné, le bruit de ferraille s'est estompé. Des cris de filles ont retenti dans le lycée, puis une fenêtre a claqué et le calme est revenu.

« Tu ne voulais pas une cigarette, Gerd ? » Mes amis étaient à cinquante centimètres derrière moi. À l'époque on nous disait inséparables. Encore quelques années et je ne me souviendrais même plus de leurs visages.

J'ai fait un pas vers Storm. « Tu ne cherches pas les ennuis, n'est-ce pas ? Ou est-ce que tu cherches les ennuis, Storm ? »

Il n'a pas répondu. Il a continué à regarder par terre en soufflant la fumée. Puis il a laissé tomber le mégot et levé la tête. Son regard a glissé sans nous voir vers la cour du lycée où s'ébattait maintenant un groupe de petits. J'ai senti la sueur ruisseler sur ma nuque. On aurait dit que la chaleur ambiante s'immisçait en moi par tous les pores de ma peau. Je l'ai regardé en face et j'ai dit : « Je vais te bouffer ! »

C'est idiot, mais je voulais vraiment le faire. J'ai tenté de l'attraper et de l'attirer à moi, mais, avant que j'aie pu le prendre au collet, il avait tiré son poing de la poche de son pantalon et m'avait décoché un direct à l'estomac. J'ai basculé, tête la première, mais, avant que j'aie pu plonger, il m'avait envoyé son genou en plein front ; j'ai valdingué contre les barres de fer, d'où je me suis effondré lentement sur le pavé. Tout en haut j'ai vu les pointes dorées de la grille osciller comme des roseaux dans le vent. La tête de Storm a surgi au-dessus de la mienne. Je voulais rentrer sous terre, mais pas moyen, alors j'ai fermé les yeux en mettant mes mains devant ma figure. J'ai entendu les battements de mon oreille sur le sol, de plus en plus fort, et pendant un instant j'ai eu l'impression de sentir battre le pouls de la terre à travers les pavés.

J'ai terminé le lycée, globalement mes résultats étaient satisfaisants. Quand j'ai passé le portail pour la dernière fois, je ne me suis pas retourné, j'ai regardé droit devant moi. Je m'efforçais de croire que j'étais toujours sur la voie.

À dix-neuf ans j'ai quitté Paulstadt pour faire mes études. Quand le bus a quitté la ville par un doux matin, je riais, mais c'était un rire mat, sans conviction.

J'avais l'intention d'expédier mes études le plus vite possible, pour faire enfin carrière. J'ai suivi les cours, me suis inscrit aux séminaires et efforcé de m'intégrer parmi les étudiants. Nous nous retrouvions tous les jours dans les cafés qui entouraient l'université. On parlait beaucoup. Le plus souvent de politique, et l'alcool aidant, les passions se déchaînaient. J'évitais de boire. Une vague angoisse m'étreignait ; quand le ton montait ou qu'un de nous bondissait, défiguré par la colère, j'étais glacé d'effroi. Je criais : « Arrêtez. Arrêtez, je vous en prie ! » Mais ça faisait rire les autres, et je finissais par rester assis à l'écart sans rien dire ; quand quelqu'un me regardait, je me forçais à sourire.

En deuxième année je suis tombé amoureux d'une fille. Elle était ravissante, du moins c'est ce que je pensais. Sa peau avait la couleur du miel, aucune impureté ne l'altérait, pas la moindre tache, rien. Elle était d'une douceur et d'une perfection telles que je n'en avais jamais vu ni touché. J'étais malade de désir quand je m'éloignais d'elle, mais lorsque je me suis retrouvé à sa porte, un jour, et que j'ai évoqué la douceur de sa peau, elle a éclaté d'un rire tellement sonore que je croyais encore l'entendre dans la cage d'escalier alors que j'étais déjà dans la rue, tremblant de honte et de colère.

C'était comme si mon cœur déjà fissuré s'était définitivement brisé. J'ai renoncé aux rencontres d'étudiants et passé mes soirées seul dans ma chambre. Les semaines se sont écoulées, chaque jour pareil au précédent, jusqu'à ce que quelqu'un glisse la nouvelle sous ma porte dans une enveloppe jaune pâle.

Papa est mort.

On lit les mots et on ne les comprend pas. Ce n'est pas de la douleur, ni de la tristesse. C'est simplement étrange. Le temps semble s'être arrêté, figé en une sorte de gelée autour de laquelle vos pensées bourdonnent comme les mouches épuisées à l'arrière-saison. Et dans la chambre voisine une chanson passe en boucle à la radio, sans arrêt, sans arrêt.

Maman et moi avons organisé les obsèques. Ce n'était pas un adieu, mais des choses à régler. Sur sa tombe nous n'avons pas pleuré. La banque a envoyé un peu d'argent, et j'ai réemménagé dans mon ancienne chambre, où j'ai retrouvé la boîte avec les insectes dans un tiroir. Je ne l'ai pas jetée, mais je ne l'ai pas ouverte non plus. J'ai laissé les choses à leur place et me suis réinstallé dans le petit royaume de mon enfance.

À la mort de papa, maman avait cessé de sourire. Son drôle de sourire semblait s'être désintégré. Et avec ce sourire, c'est son visage, puis toute sa personne qui se désintégrèrent. Ma mère disparut presque insensiblement, et c'est seulement des années après sa mort que je compris que j'étais seul.

Je me casai dans la société d'assurances Lainsam & Fils, où je partageais un bureau avec trois femmes. Notre tâche consistait à classer les factures et à vérifier les bilans. L'une des femmes, Sonja, me trouvait « quelque chose », et nous avons pris rendez-vous pour un soir. Nous avons bu du vin, ce qui était une erreur, car ensuite elle a voulu venir chez moi. Je l'y ai emmenée et nous nous sommes installés sur le canapé. Je lui ai raconté des histoires que j'inventais au fur et à mesure, et c'est tout juste si je me suis aperçu qu'elle me touchait. Un peu plus tard, elle a appuyé sa joue contre la mienne, et j'ai respiré son odeur, grisé par le vin et le parfum de ses cheveux, et tout aurait peut-être pris une autre tournure si je n'avais pas eu un problème. Elle m'a dit de ne pas m'en faire, ce genre de choses pouvait arriver à tout le monde. Et elle m'a caressé les cheveux comme on fait aux petits garçons.

Quelques semaines après cet épisode, Sonja a démissionné. Elle allait tenter de décrocher, commencer une nouvelle vie, a-t-elle dit, et comme je la regardais libérer sa place, j'eus la vague impression qu'avec les choses qu'elle glissait dans son sac en balayant son bureau d'un geste ample, elle emportait du même coup mes chances de virilité.

J'étais troublé, me sentais vaguement brusqué. Mais je ressentais un certain soulagement, et je n'aurais peut-être bientôt gardé de Sonja qu'un souvenir assez flou, si je ne l'avais pas vue, trois semaines plus tard, étroitement enlacée, avec Johannes Storm.

Il pleuvait depuis le matin, une petite pluie

glacée de novembre, la ville était plongée dans la grisaille d'un crépuscule brumeux, les lumières des réverbères et des réclames tremblaient dans les flaques. Je rentrais du bureau en parcourant hâtivement la Marktstrasse, sur laquelle tourbillonnait le flux noir des feuilles d'automne, quand je les ai vus tous les deux. Ils s'abritaient sous l'auvent du tabac de Sophie Breyer. Il tenait Sonja dans ses bras, la tête appuyée contre sa poitrine. Elle avait les yeux clos, lui, la tête un peu levée, regardait la pluie tomber. Je ne l'avais pas revu depuis le lycée, sa chevelure grisonnait aux tempes, mais son visage aux yeux très rapprochés avait à peine vieilli. Sa main descendait lentement le long du dos de Sonja. Une sorte de frisson a parcouru son corps trapu. Puis il a tourné le visage dans ma direction, et j'ai vu les ailes de son nez se dilater.

Tout ça remonte à loin. Dans mon souvenir il n'a plus cessé de pleuvoir, le monde sombrait dans le déluge. Maintenant je suis couché ici entre mes parents. Je n'ai pas eu à aller loin. Mais c'est paisible, et certaines nuits je peux entendre hurler au loin. Ça commence tout bas, par un son uni, clair comme un pleur d'enfant, mais qui enfle rapidement et forcit, insiste, puis finit par emplir toute la nuit. Couché dans le silence, j'épie le hurlement des loups jusqu'à ce qu'il cesse, tout à coup. Alors je sais : c'était juste le vent qui souffle par le trou du mur du cimetière. Ce gros trou qu'a fait le petit vaurien bourré du vieux Schwitters en y balançant des coups de pied.

Sonja Mayers

Le samedi, j'allais voir mon grand-père après l'école. On s'installait à sa table et on jouait aux échecs. De temps à autre il oubliait mon nom ou celui de la pièce qu'il tenait à la main. Parfois il me demandait quand sa femme allait rentrer. Oma était morte depuis vingt ans, mais je ne pouvais pas lui dire ça. Je lui disais qu'aujourd'hui elle rentrerait tard. Ça le tranquillisait et nous pouvions continuer à jouer. Il y avait une photo d'elle sur la commode. Une jeune femme pas spécialement jolie ; rien dans ses traits ne retenait l'attention. Elle portait un corsage clair et avait un collier autour du cou. Son sourire était factice et inexpressif, mais Opa était persuadé qu'elle se moquait de lui. Un jour j'ai sorti la photo du cadre pour l'examiner de plus près. Au verso quelque chose était écrit au crayon.

21/3/111
Je tombai malade
et mourus

en héroïne
de ma tragédie
intitulée :
TOUT ÇA POUR RIEN

Opa était aussi perplexe que moi. J'ai replacé la photo dans le cadre et nous avons continué à jouer. Il a réfléchi longuement, puis il a dit : Je mets mon pion en C7.

Le père Hoberg

J'avais trois ans quand la guerre s'est terminée, et cinq quand mon père est rentré à la maison, un jour de novembre.

Dressé dans l'embrasure de la porte, pâle, un sac de cuir jeté sur l'épaule, il me regardait de toute sa hauteur. Il portait un gros manteau ouvert sur un pull troué, et quand il m'a soulevé et a pressé mon visage contre sa poitrine, j'ai senti l'humidité dans la laine. Ma mère était dans la cuisine derrière moi. Les prévisions météo de la radio couvraient les hoquets de ses sanglots.

Le dimanche suivant nous sommes allés à la messe. Une main dans celle de mon père, l'autre dans celle de ma mère, j'ai pénétré pour la première fois dans la haute nef. Les cimes des marronniers de la cour oscillaient derrière les mosaïques des fenêtres, insufflant un semblant de vie aux saints colorés des vitraux.

Avec nous le vent s'est engouffré par la porte, soulevant des vagues dans les flammes des rangées de cierges. Ma mère a tendu les mains au-dessus d'elles et m'a ordonné d'en faire autant.

Ce sont les vœux des gens qui réchauffent nos mains, a-t-elle dit.

Les fidèles se serraient dans les travées. Avec leurs manteaux sombres et leurs toques de fourrure sur leurs têtes inclinées, ils avaient l'air d'un troupeau d'animaux las et pesants. Çà et là, on entendait un chuchotement, une toux réprimée, un craquement dans le bois.

Les haleines fumaient.

Quand l'orgue a retenti, j'ai failli me précipiter dehors. Le son emplissait l'espace jusqu'aux voûtes d'ogive. Il semblait assez puissant pour faire sauter les murs. Mais j'ai senti la main de ma mère presser mon genou et suis resté.

Pendant le *Kyrie eleison*, j'ai commencé à ressentir un besoin pressant ; au bout de la première lecture, c'était à peine supportable :

« J'ai envie.

— Pas maintenant », a dit mon père.

J'ai essayé de me retenir. Pressant mon ventre à deux mains, coincé entre les manteaux rêches de mes parents, je me tortillais en adjurant Dieu et ses saints. À la lecture de l'Évangile je me suis mis à pleurer à genoux en silence, et quand Jésus a chassé les marchands du Temple, je me suis levé.

« J'ai vraiment envie.

— Reste assis », a dit mon père.

Alors j'ai ouvert les bras et lâché prise. Lorsque le fils de l'homme viendra dans sa gloire avec tous les anges, il s'assiéra sur son trône de gloire, annonçait le prêtre à l'avant, pendant que je faisais dans mes culottes et pleurais à chaudes larmes.

Tu porteras ce pantalon jusqu'à la nuit. Tu as offensé Dieu.

Ce fut aussi un dimanche, presque quatorze ans après, que mon père mourut de l'affection pulmonaire qui l'affectait depuis son retour. Ce fut très rapide, il n'eut à prendre congé de personne, et on l'emmena avant midi, sec et léger comme un fagot de bois mort.

Quelques semaines plus tard ma mère le suivit dans la tombe. En rentrant à la maison, son panier plein de provisions sous le bras, elle s'arrêta brusquement, leva la tête et parut suivre un point lointain dans le ciel sans nuage, avant de vaciller sur le côté et de tomber raide morte, au milieu du trottoir. Du panier s'échappèrent quatre grosses pommes rouges qui roulèrent sur la chaussée, où elles étincelèrent un moment au soleil, avant de passer l'une après l'autre sous les roues de la circulation de fin de journée.

J'étais seul désormais. La conception que j'avais de mon long reste de vie étant confuse, j'ai commencé ma quête. Je parlais aux gens que je rencontrais, mais ils ne me renseignèrent pas. Je restais des heures sur la tombe de mes parents, qui ne me renseignèrent pas davantage. Je m'attablais au comptoir de La Lune d'Or, mais le schnaps combiné au chaos de mes pensées ne faisait que me rendre malade. Je m'installais dans le bus, restais jusqu'au terminus, bien au-delà des champs, puis repartais dans l'autre sens. Appuyant mon front contre la vitre, je voyais le paysage qui défilait disparaître dans la buée de mon haleine, mais rien d'autre ne se produisait.

Un jour, je suis allé à l'église. Je me suis assis à la place où j'avais laissé jadis les choses suivre leur cours. Je me suis rappelé mon sentiment de sécurité entre les corps de mes parents. La chaleur de ma mère. Mon père si grand, qui n'était pourtant qu'un homme parmi d'autres. Et je me suis rappelé l'irrésistible pression interdite et la délivrance, mêlée de honte et de plaisir.

Dès lors j'y suis retourné chaque jour, et le curé a fini par me découvrir. J'avais toujours pris soin d'être seul, la plupart du temps je m'y rendais à midi, l'heure où même les vieux et les esseulés n'allaient pas se fourvoyer à l'église. J'ai sursauté d'autant plus quand le prêtre a surgi à côté de moi sans crier gare. Il était de petite taille et, dans la soutane noire, avec ce cordon noir autour des reins, sa silhouette menue semblait féminine. Je me suis senti comme pris sur le fait, et quand j'ai levé la tête et vu son visage, les larmes me sont venues aux yeux.

Je t'ai appelé par ton nom, tu es à moi.

Bien que la sympathie de ce prêtre m'ait ouvert la voie, je ne me souviens pas de son nom. Je ne me souviens pas non plus l'avoir jamais entendu. Il me dit une fois que seules les administrations et les autorités s'intéressaient aux noms, devant Dieu nous n'en avions qu'un : *homme.* Ça m'a plu. Je l'aimais beaucoup. Et dès cette première rencontre, après qu'il a tracé ce mot du pouce sur mon front et que j'ai quitté la pénombre de l'église pour la lumière du soleil, j'ai décidé de l'imiter et d'embrasser la profession de prêtre. Ma quête était terminée. Il m'avait trouvé. Débordant de confiance et de joie, j'ai adressé un grand sourire aux ouvriers assis sur l'échafaudage de l'autre côté de la rue. Ils n'ont pas répondu et ont continué à mordre en silence dans leur sandwich. Dans leurs bouteilles, la bière clapotait.

Le séminaire était loin de la maison, je m'y sentais étranger et passais pour un garçon bizarre. Je n'avais ni ami ni ennemi. Les autres ne me concernaient pas. Leurs désirs n'avaient rien à voir avec les miens. Pendant qu'ils jouaient au football le soir ou récitaient des psaumes, je m'agenouillais dans ma chambre et priais face au mur jusqu'à ce que, dans les fissures de la chaux, m'apparaisse le manteau céleste de la Mater Ter Admirabilis.

Par pure gratitude je me gravai trois croix sur le torse avec une lame de rasoir. Je n'en parlai à personne.

Après le séminaire je suis resté quelque temps loin de Paulstadt, puis le curé est mort. Il m'avait recommandé pour sa succession, et je suis donc revenu me mettre au service de la paroisse. Les gens se méfiaient de moi. Ils échangeaient des messes basses. Ils souriaient de ce mince jeune homme bizarre qui les accueillait le dimanche devant le portail de l'église en leur donnant la main à chacun. Mais Lui m'avait élu, quand je prêchais, c'est Lui qui parlait par ma bouche. Et ses messages n'étaient pas que d'allégresse et de réconfort. Ils disaient aussi l'effroi de l'amour, les affres de la patience, la rançon de l'abnégation, et souvent je criais debout devant l'autel, saisi d'une ardeur brûlante : Vos souffrances passeront, car vous êtes en Dieu et Dieu est en vous !

J'étais habité par une pensée. Une idée qui avait enflammé mon cœur m'animait le jour et me faisait veiller la nuit. Je voulais montrer la voie aux hommes. Je voulais les purifier et les fortifier, je voulais qu'ils me suivent. Et je savais, je savais ! que j'en avais la force.

Un matin d'été de cette année où la pluie avait manqué et où les maisons étaient grises de poussière venue des champs, je suis allé à l'église pour me jeter devant l'autel. J'avais parcouru la ville toute la nuit en luttant contre les accès de doute et le sentiment récurrent de la vanité de mes efforts. J'avais marché sous le clair de lune dans les rues silencieuses, le seul bruit de mes pas dans l'oreille, et Lui avais parlé : Mon Père, aide-moi, ne me laisse pas désespérer dans les ténèbres, guide mes pas, fortifie mes mains, affermis mon esprit et chasse la peur de mon cœur, guide-moi, mon Père, pour que je puisse guider les hommes pris dans les fourrés de l'ignorance et de l'erreur et les conduire vers l'unique lumière.

Je marchai ainsi dans la nuit jusqu'à ce que l'aube se lève et que la ville émerge de l'obscurité. Je vis les ombres des derniers noctambules sortir en titubant de La Lune d'Or avant de se disperser. Je vis la fleuriste décharger les bouquets de roses, d'œillets et de jacinthes frais qu'elle rapportait du marché de gros. Et je vis deux vieilles femmes assises sur un banc qui regardaient un pigeon picorer des miettes à leurs pieds.

Derrière la mairie, un garçon chétif avançait en équilibre sur le bord du trottoir en traînant un chien derrière lui. Il tirait par à-coups violemment sur la laisse, le chien geignait en s'arc-boutant vainement sur le sol. Avance, a dit le garçon, sinon tu vas voir. Sa claire voix d'enfant tremblait d'énervement et de colère. Le chien a émis une brève toux étranglée, puis s'est aplati, ventre au sol, et a cessé de résister, tandis que le garçon continuait à le tirer au-dessus du caniveau. Je lui ai barré le passage. Arrête-toi, lui ai-je dit. Le garçon m'a dévisagé. Il était furieux, mais sous sa fureur j'ai senti le souci et la crainte. N'aie pas peur, ai-je dit, devant Dieu toutes les créatures sont semblables, nous sommes ses enfants, en son sein nous ne faisons qu'un.

Le garçon a reculé d'un pas. J'ai vu ses yeux s'agrandir, et un sentiment d'angoisse m'a étreint, une angoisse terrible qu'il puisse ne pas me comprendre et se détourner.

Reste ici, lui ai-je intimé d'une voix coupante.

Purifie ton âme, confie-toi au Dieu tout-puissant et demande-lui de t'éclairer !

Il s'est détourné, mais je l'ai attrapé par l'épaule. Je tremblais. Le visage levé vers le ciel, je me suis écrié : Ô Seigneur, accueille ce garçon ! Prends-le en ton sein ! Prends-le sous la protection de ton amour infini ! Délivre-le, ô mon Dieu !

Tout en invoquant Dieu, j'entendais vaguement les gémissements du chien et les cris du garçon. Un spasme a parcouru le corps de ce dernier. Il s'est dégagé et il est parti en courant.

Je suis resté immobile un moment, les yeux levés vers le ciel. Sur le faîte du toit de l'hôtel de ville quatre pigeons trottinaient les uns derrière les autres. L'antenne de télévision se dressait dans le ciel, telle une maigre croix, rougeoyant dans la lumière de l'aube.

Quand j'ai baissé les yeux, tout avait changé. Je voyais enfin clair, j'avais reconnu l'horrible vérité. Mais je n'ai pas sombré dans le désespoir, la paix s'est répandue en moi. Je me suis senti libre et léger, pour un peu j'aurais éclaté de rire en pleine rue. Un couple d'un certain âge est passé de l'autre côté de la chaussée. Ils se donnaient le bras, et la femme abreuvait son mari d'un flot de paroles énergiques. Ils se sont arrêtés un bref instant, m'ont regardé, puis ils ont tourné au coin de la rue et disparu.

Je suis allé à l'église. L'intérieur était paisible et frais. La poussière vibrait dans les pâles rayons de lumière. Les saints étaient figés dans l'immobilité. Entre deux travées, un livre de cantiques ouvert gisait sur le sol.

Laisse-moi célébrer ton allégresse.

Un unique cierge tremblote sur le portant. Je m'en empare et me dirige vers l'avant par la rangée du milieu. Je ne me signe pas. Je ne m'agenouille pas. Je n'écoute pas les voix.

J'ai la lumière dans ma main.

Sur la table du Seigneur, qui n'est plus ici chez lui, la nappe blanche est déployée. Je tends la flamme vers la dentelle, elle prend feu sur-le-champ. Un courant d'air frais parcourt l'église, et les flammes s'élèvent. C'est le crucifix qui s'enflamme en premier. Jésus crépite et craque. Quand il se détache de la croix et bascule lentement en avant, on dirait qu'il rit. L'autel brûle. Je gagne avec le cierge l'arrière de l'église où s'empilent les livres de chants. Ils prennent feu comme s'ils étaient imbibés d'essence. Je lance quelques livres en l'air. Ils volent un instant tels des oiseaux de feu, avant de retomber dans les travées. L'un d'eux glisse sous le rideau de l'espace de recueillement. Le rideau se gonfle, puis s'embrase en une éruption silencieuse. Dans les bancs les flammes ronflent et grondent. Dans la laque du bois des bulles se forment comme autant de fleurs incandescentes d'où s'élèvent des filets de fumée. Il y a une paix en moi, car je sais tout à présent. Au-dessus de ma tête les vitres se pulvérisent et les saints explosent en une pluie d'éclats de verre multicolores. Le vent s'engouffre dans les trous des fenêtres et attise le feu. La chaire brûle, la lumière tremble dans le bénitier, et là-haut dans l'obscurité sous le toit danse un tourbillon d'étincelles, pareil à un ballet d'étoiles.

Navid al-Bakri

Sur ma tombe est écrit : Dieu est grand et nous sommes ses enfants. Je me demande qui diable a bien pu y graver ça. Je suis le fils de ma mère, Ayasha al-Bakri, et de mon père, Abu Navid Muhamed al-Bakri. Savoir si Dieu a contribué également à ma naissance reste à démontrer. Moi je ne l'ai jamais rencontré.

J'avais dix-neuf ans quand je suis arrivé ici avec mes parents après un long voyage. C'était en hiver et il faisait froid. La première fois que j'ai vu de la neige dans les rues, j'ai pensé qu'il était arrivé un malheur. Mon père se tordait les mains. Nous créerons un jardin d'Éden dans ce désert de glace, a-t-il dit.

Il ouvrit le magasin de la Marktstrasse. *Chez l'oncle Abu – Fruits et légumes exotiques.* Cinq fois par jour il déployait son petit tapis à la cave et expédiait ses prières vers La Mecque entre les patates et les rutabagas. Le jour où le plombier turc qu'il avait appelé pour une rupture de canalisation lui révéla qu'il s'était trompé de direction et que, des années durant, il avait tourné son derrière et non son visage vers la Kaaba, mon père le remercia et lui colla un double pourboire dans la main.

Pas si grave, dit-il. La Mecque, finalement, elle est partout.

Le plombier acquiesça.

Devant eux flottaient les choux, à hauteur du genou.

Les premiers temps, je triais les prunes, nettoyais les melons ou balayais les restes de fruits écrasés sur le trottoir. Ensuite j'eus une blouse à moi et le droit de servir les clients. Je savourais les parfums et les couleurs. J'aimais entendre les noix s'entrechoquer dans leurs sacs et, lorsque personne ne m'observait, je plongeais les mains dans la corbeille aux lentilles ou faisais ruisseler les amandes et les pistaches entre mes doigts. Avec ma mère j'érigeais de savantes pyramides de pêches et de nectarines, avec mon père j'allais dans les champs négocier avec les paysans.

Bon an mal an les affaires marchaient bien, nous ne manquions de rien. Je ne peux pas dire si mes parents étaient heureux, mais je les ai souvent vus sourire. Ils n'ont pas vécu très vieux, mais ils ont eu une mort paisible.

Après leur décès j'ai repris le magasin. J'ai peint l'intérieur en blanc, suspendu une guirlande de petites ampoules colorées dans l'encadrement de la vitrine et fait l'acquisition de nouvelles blouses. J'ai passé une couche de peinture ocre sur l'inscription *Chez l'oncle Abu – Fruits et légumes exotiques* et cloué une grande pancarte au-dessus de l'entrée : *Navid al-Bakri – Fruits & légumes de tous les pays du monde.*

Pour la réouverture du magasin j'ai donné une fête. Toute la journée il y a eu de la musique et des fruits séchés. Il est venu beaucoup plus de monde que je n'espérais et, tard le soir, quand les dernières personnes sont parties et que j'ai baissé le rideau de fer, je me suis dit que ça allait bien se passer. Je me suis assis dans l'obscurité, les mains ouvertes sur mes genoux. J'avais l'idée étrange de remercier Dieu. J'ai récité les paroles que j'avais si souvent entendu mon père dire. Mais pendant qu'elles sortaient de ma bouche, j'y réfléchissais, et plus j'y réfléchissais, moins elles me paraissaient avoir de sens. Elles étaient vides et friables comme les cagettes de fruits empilées à la cave.

Je me suis levé et suis ressorti devant la porte. La soirée était chaude, il y avait de la pluie dans l'air. Le réverbère s'est allumé au coin de la rue et les papillons de nuit se sont mis à voleter dans sa lumière.

Je connaissais mon affaire. Je savais mener mon commerce, et au fil du temps j'ai appris aussi à comprendre les clients. On apprend beaucoup sur les gens en les regardant choisir leurs fruits et leurs légumes. Je les observais effleurer une pêche du bout des doigts comme si c'était la peau d'une bien-aimée. Je les voyais se pencher sur les cageots pour renifler les citrons et les noix. Emmailloter la salade dans du papier aussi tendrement qu'un bébé dans sa couverture. Je les écoutais quand ils parlaient de leurs soucis, de leur mari, de leur femme et de leurs enfants, de leurs malheurs et de leurs maladies. Et je ne les ignorais pas quand ils s'énervaient pour une raison quelconque et qu'ils criaient, gesticulaient et levaient doctement l'index en ayant l'air d'avoir tout compris de la marche du monde.

Le père Hoberg passait de temps en temps. Il examinait les tomates à la lumière du soleil, soupesait les abricots et se mettait invariablement à parler de Dieu. Je lui disais que je n'étais qu'un marchand de légumes et ne connaissais rien à ces choses. Mais le curé était têtu. Il me posait des questions auxquelles je ne savais pas répondre. Il m'irritait avec sa voix débordante de zèle et ses mains fébriles qui martelaient sans relâche mes cagettes de fruits. Il se répandait en flots de paroles ininterrompus, et cela me mettait en colère, je commençais alors à parler et à crier moi aussi. Je ne comprenais pas que Dieu soit censé incarner la vérité, la véracité des choses, alors que sa création était si imparfaite. Et à la destruction de Sodome et Gomorrhe, qui n'avait épargné ni femme ni enfant, je ne trouvais pas de sens non plus. Le père n'était pas impressionné. La miséricorde divine est infinie, criait-il. Mais déjà je ne l'écoutais plus vraiment, je crois que lui non plus n'entendait plus mes paroles, nous parlions et criions dans le vide jusqu'à l'épuisement et nous retrouvions tout à coup l'un en face de l'autre, subitement dégrisés.

Laisse la miséricorde divine pénétrer aussi dans ton cœur, disait le curé, et donne-moi deux bottes d'oignons frais.

J'ai tenu le magasin pendant quarante ans. J'aimais mon travail et n'ai jamais été malade plus d'une journée. À ma place derrière la balance, mon poids a imprimé au fil du temps un petit creux dans le dallage où je me sentais bien. Je ne m'étais jamais marié et n'avais pas de regret d'enfants. Je me sentais rarement seul ; j'avais des désirs modestes et assez de raison pour ne pas me payer mes rêves. J'ai donné pour la reconstruction de l'église, pour le repas de Noël des pauvres et, depuis l'accident de son fils, offert chaque jour une orange à la pauvre Margarete Lichtlein. J'ai posé mes questions aux hommes, non à Dieu. Je vous ai écoutés. Je vous ai regardés en face. Je vous ai pardonné quand vous avez tagué la façade du magasin et cassé mes vitres. Quand vous m'avez traité de chamelier, j'ai ri et collé la photo d'une caravane sur la porte. J'ai ri chaque fois que j'en avais envie. J'ai laissé de nombreuses fois ma tristesse à la cave. J'ai honoré mes parents et les ai remerciés. J'ai payé mes impôts et balayé chaque soir le trottoir du magasin. Je n'ai rien emporté ni rien laissé. Je n'avais que cette vie.

Sept ans avant ma mort, j'ai ramené les cendres de mes parents au pays. Avant les funérailles, j'avais réussi à en prélever une petite quantité dans les urnes pour les passer comme poudre d'épices dans des sachets de lin. À l'aéroport j'ai pris le bus. Le chauffeur m'a souri dans le rétroviseur :

Tu es d'ici ? a-t-il demandé.

Je ne sais pas, j'ai dit.

Mashallah, mon ami.

Mashallah.

Je suis descendu à la place du village. La lumière me faisait mal aux yeux. La petite guitoune du bus derrière laquelle je jouais autrefois aux osselets avec des pierres avait disparu. Tout avait l'air changé. Seul le grand cyprès était encore là. Mon père en parlait souvent. Il était si vieux que les prophètes s'étaient reposés sous son ombre avant d'aller parcourir le monde. Ses racines étaient si profondes que la chaleur du noyau terrestre en grillait les dernières extrémités. C'est pourquoi, certaines nuits, on voit rougeoyer ses fruits au clair de lune.

J'ai marché dans les rues du village en respirant l'odeur des vieux murs. J'avais chaud dans ma chemise et mon pantalon foncé. La sueur me dégoulinait sur le visage. Peu de gens se déplaçaient dans ces rues. Quelques enfants. Un petit groupe de femmes, toutes vêtues de noir.

Des hommes buvaient du thé devant un café dont je me rappelais l'entrée ornée de bois sculpté. J'avais oublié comment un verre à thé peut paraître minuscule dans une main d'homme. J'ai poursuivi mon chemin. Çà et là je reconnaissais une maison, un morceau de mur troué, la boutique du barbier, la place aux acacias, les tuyaux de béton éclatés posés pour un puits qui ne fut jamais creusé.

À la route des trois veuves j'ai pris à gauche. Je ne reconnaissais plus rien. Le chemin était goudronné de frais, mais la chaleur avait fait éclater le goudron, soulevé par des blessures noires, béantes. La maison de mes parents avait disparu. Sur son emplacement jonché de pierres, trois voitures stationnaient. Un mur bas à moitié écroulé bordait l'arrière du parking. Je n'arrivais pas à distinguer si c'était le mur de notre jardin ou le reste de celui de la chambre à coucher. Je me suis assis sur une pierre du mur. Le soleil était haut dans le ciel et baignait tout d'une clarté blanche, éblouissante. Je ne savais plus ce que j'avais prévu de faire. Je crois que je voulais disperser les cendres de mes parents dans l'herbe de leur jardin. Je m'étais dit que la maison était sûrement habitée et que j'allais devoir faire vite, un geste furtif de la main dans le vent. Mais il n'y avait pas de vent, pas de jardin et pas de maison. Il n'y avait qu'un parking et la chaleur.

Allez savoir combien de temps je restai assis là. J'ai fini par me lever, j'ai sorti les deux sachets de la poche de ma chemise et j'ai dispersé les cendres sur la surface de pierre. Elles n'ont pas laissé de traces, comme si elles se dissolvaient simplement dans le sol brûlant. Je crois que j'ai pleuré, mais je n'en suis pas sûr. Plus tard un homme est arrivé. Il m'a fait un signe de tête, est monté dans l'une des voitures et il est parti. J'ai écouté, debout, le bruit du moteur jusqu'à ce qu'il devienne inaudible. Mon front était brûlant, mes oreilles bourdonnaient. J'avais envie d'ombre et de calme. Je crois que j'avais envie de la maison.

Quand j'ai été de nouveau dans l'avion, j'ai contemplé le désert tout en bas, puis la mer, vaste scintillement zébré de rides. On s'enfonçait dans le soir et, malgré le vrombissement des moteurs, une sensation de silence et de paix nous entourait. Je me sentais fatigué et paisible, comme si je volais tout seul là-haut tranquillement au-devant de la nuit. J'ai appuyé ma tête contre le dossier et fermé les yeux. J'ai pensé au lendemain. À l'air frais du matin. Au parfum des fruits dans la pénombre de la boutique et au bruit métallique du rideau. Je commanderais des poivrons longs et des prunes jaunes. Je déroulerais le vieux tapis de mon père pour le débarrasser des saletés des sacs de betteraves que j'avais secoués si souvent à cause de l'humidité et des moisissures.

Quand vous étiez dans le feu et que les braises vous brûlaient la peau, est-ce que vous avez vu Dieu, père Hoberg ?

Herm Leydicke

Est-ce que tu peux m'entendre ? Tu m'entends ?

Quand mon tour est venu, tu avais quinze ans. Quel âge as-tu maintenant ? Chez nous ici le temps n'existe pas. Mais admettons que tu aies encore un bon moment devant toi. Je suis bien forcé de l'admettre, car sinon ce que je veux te dire n'aurait pas le moindre sens. J'ai des choses à te dire, en effet. J'aimerais te les avoir dites quand j'étais vivant. J'aimerais qu'on me les ait dites à moi. Ça m'aurait peut-être fait réfléchir. Encore que… sans doute pas.

Je n'étais pas un homme sage. Ce n'est pas un mystère. Ta mère le savait. Moi-même je le savais. J'en ai pas mal vu, mais ça ne veut rien dire. Toute ton expérience ne t'avance guère, si tu n'as pas assez de cervelle pour la ressasser et en tirer les leçons. Ou si tu n'as plus la force de lever ton postérieur de ta chaise. Très peu de vieux sont avisés, la plupart sont juste vieux. Et je faisais clairement partie du lot.

Si j'avais compris (je ne dis pas *su*, mais

vraiment *compris*) que tout ça passe si vite, je me serais épargné quelques erreurs. Pour moi il est trop tard, je me figure donc naïvement pouvoir t'en épargner certaines. Tu n'as pas eu les meilleures conditions qui soient, une circonstance à laquelle je ne suis peut-être pas complètement étranger. Mais le passé est le passé. Et n'empêche que tu es en vie. C'est déjà beaucoup. Mais voilà que je commence à pérorer. Je vais donc simplement te dire quelques petites choses. Tu en feras ce que tu voudras.

1.

Ne te fatigue pas à chercher la femme idéale. Elle n'existe pas. Dès que tu croiras l'avoir trouvée, il s'avérera que ce n'est pas la bonne. Tu peux tout de même essayer de lui trouver assez de charme pour que ce soit bien. Mais tu ne peux pas faire plus.

2.

Vraisemblablement Dieu n'existe pas.

3.

Mais si jamais par extraordinaire Dieu existait (encore que les apparences soient vraiment contre lui), alors il existe peut-être aussi une possibilité de trouver la femme idéale.

4.

La femme idéale est une femme qui a du cran. C'est une femme dont on entend les pas crisser sur le gravier avant qu'elle débouche au coin de la rue. C'en est une qui te déloge un pigeon de la gouttière à coups de pommes. Elle a une jupe jaune et une bonne dose de jugeote, un rire bien trop sonore et des ongles laqués rouges – sauf ceux des orteils. Elle a dans son sac un canif, une salière et un minuscule cendrier de poche en bronze ; il lui faut un cendrier parce qu'elle fume des cigarettes sans filtre. C'est une femme à principes, qui les balance vite fait si besoin est. Qui tape du poing sur le volant jusqu'à ce que son vernis à ongles se fendille. Une femme qui ne te dit pas tout, une femme qui n'a pas honte. Elle pleure au cinéma, mais jamais au grand jamais ne fait attention à sa ligne. Elle mange les pommes de terre avec la peau et croit secrètement à la Vierge Marie ; elle se soucie de tes affaires, mais encore plus volontiers des siennes. La femme idéale est une femme qui sait ce que c'est que l'amour et qui, le jour où elle l'a oublié, ne laisse pas traîner les choses.

5.
Ce sont des idées en l'air. Oublie !

6.
Tant qu'à faire, oublie aussi ce qu'ils te disent de l'alcool. Ça peut être agréable. T'aider à repousser tes limites. Et aussi te calmer quand tu en as besoin. L'alcool n'est pas démoniaque. Ce qui l'est, c'est cette grosse mouche qui t'empêche de dormir en bourdonnant dans ta chambre, une

nuit d'été. L'alcool n'est qu'une combinaison chimique et, tout compte fait, il n'est pas exclu que tu puisses le contrôler. Mais quand tu es attablé au bar et que le papier du mur commence à s'animer et des bestioles à se faufiler sous les tabourets, tu peux reprendre une bière. À ce stade-là, ça n'a plus d'importance.

7.

Est-ce que la maison est toujours là ? Tu devrais la repeindre. La dernière fois que je l'ai peinte, tu n'avais même pas deux ans. C'était l'été, il faisait très chaud et je me suis brûlé les fesses en dérapant sur le toit. Tu étais dans le jardin, je te voyais cueillir une à une les têtes des roses du massif. Je me demandais ce que tu fabriquais tout seul en bas par cette chaleur, dans les odeurs de peinture et d'herbe coupée. Peu importe, si tu ne veux pas qu'elle s'abîme, tu devrais peindre la maison. Mais pense à poncer d'abord le bois. Il te faut du papier de verre (grain 80). Au moins. Puis une couche d'apprêt. L'huile de lin est très bien aussi. Après tu pourras commencer. Passe deux ou trois couches. Et ne te laisse pas refiler des rouleaux. Les pinceaux sont mieux.

8.

Va à la cave. Dans l'angle il y a cette armoire avec les outils de jardin. Pousse-la et soulève la plaque de granit qui est dessous. La cavité contient une cassette en métal. Tout ce que tu trouveras dedans t'appartient. Les photos aussi.

9.

Il pourrait y avoir la guerre. Il y a toujours la guerre quelque part, pourquoi pas ici. Il y a toujours quelque part un dingue à portée d'un bouton et qui joue avec. Et on met toujours un moment à s'apercevoir qu'il est dingue. Je ne parle pas d'un fou comme le père Hoberg ou Richard Regnier, qu'on trouvait le soir assis dans l'herbe à parler aux oiseaux. Je parle de la vraie folie. De celle qui porte cravate et souliers vernis. D'un type qui se congratule le soir devant le miroir de sa salle de bains, sans pouvoir s'arrêter de rire parce qu'il sait qu'il a encore gagné, et il ne peut pas perdre parce qu'il n'a rien à perdre. C'est une folie aux petits doigts courts et fluets, trop fluets pour frapper et juste assez longs pour appuyer sur un bouton. Quelqu'un la démasquera peut-être, mais il sera trop tard. Il pourrait donc y avoir la guerre. Et maintenant écoute bien. Quoi qu'ils te chuchotent ou te hurlent aux oreilles pour t'appâter ou te menacer : ce n'est pas ta guerre. Tu n'es pas au monde pour finir dans la boue, le ventre ouvert. *Ce n'est pas ta guerre.*

10.

Assis à ta fenêtre le matin, quand tu vois les autos passer sur la route qui rejoint la nationale, pense à la chance que tu as. Tu es venu à bout de la nuit et tu sais à peu près ce que ce jour te réserve. Ce n'est pas grand-chose et c'est précisément ce qui est bien. Tu poses tes pieds nus sur l'appui de la fenêtre et tu sens la caresse de l'air sur tes orteils. Un morceau de film plastique pend au cadre de la fenêtre et remue comme s'il était vivant. Tu vois tes orteils se contracter, s'étirer, et l'hiver est encore bien loin.

11.
Ne fais confiance à aucun médecin.

12.
Pense aux morts et pardonne-leur.

13.
Cherche-toi des amis. Tu peux en trouver partout. Dans la rue. À chaque coin de rue. À la station-service en essayant de dévisser le capuchon de la valve du pneu. Partout. Je crois que le secret c'est de *t'intéresser*. Le meilleur ami que j'eus de toute ma vie, ce fut mon père. Comment est-ce possible ? Il avait trente et un ans de plus que moi.

14.
Va trouver ta mère et pose ta main sur sa joue. Reste un moment comme ça. Je ne l'ai jamais fait, et ce fut une erreur.

15.
Dis : Je t'aime ! Je sais, pour toi ça a l'air idiot et ça sonne faux. Mais pas pour elle. Je ne l'ai jamais

dit. Aucune idée pourquoi. Je ne pouvais pas. Elles me l'ont demandé. Elles l'ont attendu. Elles l'ont réclamé, sans cesse, mais je ne pouvais pas. Elles, elles le disaient souvent : Je t'aime ! Après, elles voulaient me l'entendre dire. Je rétorquais que l'amour n'est tout de même pas un troc et je ne l'ai jamais dit. Pas une fois. Et j'en suis pratiquement sûr, de toutes, ce fut ma plus grosse erreur.

Lennie Martin

Ce n'est pas parce que j'étais bête et incapable d'apprendre. Simplement je ne voulais pas. « Lennie Martin, tu n'as aucune volonté. Tu n'as aucune énergie. Tu es plus cossard qu'une paire de couleuvres sous le cagnard », disait ma prof. Je ne me suis jamais beaucoup préoccupé de son opinion, mais en l'occurrence elle avait raison. J'ai arrêté l'école et essayé le travail. Je suis allé balayer le béton devant le hall de voitures de Kobielski et crapahuter dans les champs pour ramasser les patates. Quelquefois j'aidais l'Arabe avec ses légumes. Nous empilions les cageots et frottions les pommes et les melons au chiffon jusqu'à ce qu'ils brillent comme les fruits des machines à sous. Je ne tenais jamais plus de quelques semaines. En ce temps-là, j'étais convaincu que je manquais de ténacité. Alors que la ténacité était à peu près tout ce que j'avais.

À l'époque, je vivais dans un sous-sol juste derrière l'église. Je ne comptais pas y faire de vieux os et conservais mes affaires dans une caisse de bois pour pouvoir les transférer tranquillement le cas échéant dans un logement plus confortable. La pièce était minuscule et humide. L'humidité me glaçait les membres ; le matin, j'étais parfois si transi que j'avais un mal de chien à sortir du lit. Je restais souvent des heures sous ma couette, les genoux repliés, à attendre je ne sais quoi.

Dès que j'avais trois sous, j'allais m'attabler le soir au comptoir troué de mégots de La Lune d'Or. Quand on regardait dans la glace fixée derrière le bar, une rangée de figures mornes vous faisait face. Il y avait toujours trois ou quatre habitués qui jouaient aux cartes ou écoutaient les disques du juke-box. On ne parlait pas beaucoup, et je crois que ça ne dérangeait personne.

Je me souviens d'un soir d'hiver. J'avais passé la journée à dégager le parking de Kobielski d'une épaisse couche de glace et j'étais affalé au bar, lessivé. À côté de moi se trouvait un homme que je connaissais de vue. Nous regardions par la fenêtre la neige tourbillonner dans la lueur d'un réverbère quand, tout à coup, il s'est mis à me raconter sa vie. Il disait que des opportunités s'étaient sans doute présentées pour lui aussi, mais qu'il avait simplement manqué de courage. « Tu loupes le coche une fois, et c'est cuit », ressassait-il. C'était dit sans amertume, sa voix et l'expression de son visage restaient étonnamment neutres. C'est peut-être ça précisément qui m'a troublé. Je me suis soudain demandé ce que je fabriquais ici et même ce que je venais faire sur cette terre. Une colère que je n'avais jamais éprouvée m'a envahi. Contre cet homme, contre moi-même, contre la vie entière. Peut-être avais-je seulement trop bu. En tout cas, je l'ai coupé et lui ai dit : « Je vais me défoncer le crâne.

— Quoi ?

— Je vais le faire, point.

— Laisse tomber », dit-il, mais c'était trop tard. J'ai claqué mon front sur le bois humide du comptoir. Je n'ai pas ressenti de douleur, mais, quand j'ai relevé la tête, j'ai vu le sang sur ma figure dans la glace.

« C'est bon », ai-je dit.

Les choses ont changé l'année suivante. C'était l'été et la canicule. On commençait à respirer au coucher du soleil et les gens se risquaient alors à sortir. Il y avait une fête en bordure de ville. Kobielski célébrait les quinze ans de son affaire d'automobiles et avait invité quelques clients et ses employés, les actuels et les anciens. Tout le monde s'était rassemblé sous l'auvent du hall de vente illuminé, un gobelet et une assiette en carton à la main. C'était un vendredi, la plupart d'entre eux avaient touché leur paie, l'attente avide de la nuit brillait sur leurs visages.

Adossé à la vitrine, je contemplais le parking où les flaques d'huile reflétaient les guirlandes d'ampoules colorées tendues entre le toit et le portail, quand elle a surgi à côté de moi : « Bonsoir, a-t-elle dit, je m'appelle Louise. »

Je trouvais ce nom bien trop distingué pour une petite ville de province et le lui ai dit. Elle a ri et demandé ce qu'il y avait de si intéressant à voir sur ce parking. Rien, ai-je dit, juste des ampoules. N'empêche, les ampoules c'est mieux que rien, a-t-elle dit. C'est vrai, ai-je dit, et colorées en plus. Nous avons ri, bu des verres, c'était drôlement bien, comme si on n'avait jamais rien fait d'autre. À un moment, elle a levé la main et replacé une de mes mèches derrière l'oreille. Elle a fait ce geste incidemment, mais, quand j'ai senti ses doigts sur ma tempe, j'ai sursauté et réalisé que personne ne m'avait touché depuis un sacré bout de temps.

Vers minuit, Kobielski a grimpé sur la plateforme d'un pick-up 504 pour faire un discours. Il avait quelques verres dans le nez et n'a proféré quasiment pas une phrase qui ait du sens. Mais ses propres paroles l'émouvaient tellement que les larmes lui venaient aux yeux. Puis il a allumé un petit feu d'artifice ; quand les fusées ont jailli dans le ciel, Louise et moi nous tenions enlacés, et ce fut comme si les flaques d'huile explosaient. Comme si le parking et toutes les choses autour de lui s'élevaient en un embrasement de flammes multicolores.

Quand je me suis retrouvé couché dans mon sous-sol un peu plus tard, je sentais encore ses doigts sur ma tempe. Je pensais à elle et c'était merveilleux, et en même temps j'aurais pu me taper la tête contre les murs à force de solitude.

On s'est revus. On marchait dans les rues, on s'attablait au Lehmkuhl ou on s'embrassait sous les marronniers du parc, et au bout de quelques semaines elle m'a emmené dans le petit appartement où elle vivait avec sa grand-mère. Je crois que je me promenais toute la sainte journée avec un sourire béat. Je passais mes journées avec une fille dont je ne me débarrasserais peut-être pas de sitôt, et je trouvais ça bien.

Trois mois après la soirée chez Kobielski, j'ai embarqué la caisse avec mes affaires et me suis installé chez Louise. Sa grand-mère, une vieille peu causante qui passait ses journées assise à la fenêtre, ne pouvait pas me sentir. Elle avait le don de me regarder comme si j'étais transparent. Mais ça m'était égal. J'étais avec sa petite-fille, et à part ça je n'avais rien à voir avec elle.

Louise n'était pas exactement ce qu'on appelle une beauté. Elle était brune, plutôt menue, avec d'immenses yeux saillants. Mais son front était haut et lisse, et parfois une sorte d'ombre semblait l'effleurer. J'ai toujours aimé la regarder. Son visage. Ses mains. Ses mouvements. Un jour que nous étions au lit, je lui ai dit : « Tu pourrais marcher là un peu pour moi ?

— Comment ça ?

— Juste faire quelques pas dans la pièce ? »

Elle s'est levée et a arpenté la pièce devant moi. Je l'ai regardée un moment, puis nous avons pouffé de rire, elle s'est jetée sur moi, j'ai enfoui mon visage dans son corps et inspiré son parfum.

J'aimais aussi sa voix. Elle avait un timbre très particulier, et quand Louise était songeuse, elle devenait rauque, se cassait un peu. Louise parlait souvent de son travail au Bouc Noir. Elle y faisait les chambres, préparait le café et repassait les napperons de dentelle jaunis par la fumée des cigarettes. Elle en savait long sur les clients et voyait de drôles de choses, mais moi je voulais surtout écouter sa voix. Et regarder ses lèvres remuer quand elle parlait.

De temps à autre on s'asseyait sur le canapé pour regarder un film à la télévision. Chaque fois elle s'endormait. Sa tête s'inclinait sur mon épaule, et je pouvais contempler son visage tant que je voulais.

En ce qui me concerne, ça aurait pu continuer ainsi indéfiniment. Mais la grand-mère est morte. Nous l'avons trouvée un matin par terre devant la fenêtre. Son bras était bizarrement tordu sous son buste, et sa tête repliée contre le pied de la chaise, les yeux grands ouverts. Quand nous sommes entrés dans la pièce, on aurait dit qu'elle nous regardait.

Je ne savais pas quoi faire du chagrin de Louise. Je me sentais inutile en sa présence. Je voulais l'aider, mais, quand j'ai commencé à faire place nette au bout de quelques jours, elle m'a barré la route :

« Qu'est-ce que tu fais ?

— Je sors les trucs.

— Laisse ces affaires où elles sont ! »

Elle s'était postée devant moi, les mains sur les hanches, et me regardait dans les yeux. Je ne l'avais jamais vue comme ça, pour la première fois depuis qu'on se connaissait elle me parut étrangère.

« Okay, j'ai dit, ne t'énerve pas.

— Je ne m'énerve pas. Et je veux que tu cherches du travail. La pension d'Oma, c'est fini. L'argent du Bouc Noir ne suffira pas.

— Okay.

— Promets-le-moi. »

J'ai obtenu une place à la mairie, plus exactement aux espaces verts, où je faisais équipe avec Richard Regnier. On quadrillait la ville dans une camionnette poussive, taillait les arbres, désherbait les plates-bandes ou arrachait les herbes des joints des pavés. Je connaissais vaguement Regnier, on s'était déjà croisés et je l'avais aperçu deux, trois fois à La Lune d'Or. Je le vois encore, un matin, au parc municipal, poser sa fourche, baisser son froc et s'accroupir derrière un forsythia en fleur. « L'homme vient de la terre, dit-il en me regardant le plus sérieusement du monde, et la terre de l'homme. » Je crois qu'il était un peu timbré.

Au début c'était dur. J'avais mal partout. Les douleurs partaient du dos, irradiaient dans les hanches et les genoux, puis remontaient dans les épaules et les bras, jusqu'au bout des doigts. Mes mains étaient couvertes d'ampoules, et la crasse semblait s'immiscer dans chacun de mes pores. Puis ça s'est tassé, je me suis habitué, et il y avait même des jours où j'aimais ce boulot, au printemps ou à la fin de l'été.

Un soir, Regnier a tenu à me payer une bière. Ça faisait un moment que je n'avais pas été à La

Lune, et quand nous sommes entrés dans la salle avec nos salopettes crasseuses, je me suis demandé s'il y aurait toujours les mêmes bonshommes ou si quelques-uns n'auraient pas cassé leur pipe entre-temps. Ils étaient encore tous là, en tout cas on aurait dit ceux d'avant, le nez dans leur verre, vissés à leur place.

Mais quelque chose avait changé. C'était la lumière. Une lueur baignait la pièce. Elle bougeait, pulsait, glissait sur un dos courbé ou un front noir de suie, tremblotait, rouge, verte, jaune, dans un verre de bière à moitié vide. Elle venait d'une machine placée dans le coin entre le comptoir et le mur. La machine était de taille humaine et d'environ un mètre de large, sa façade parsemée de loupiotes clignotantes. Je ne le savais pas encore, mais ce n'était qu'une vieille Lucky Deal, une des premières à écran sans levier manuel, avec quatre rangées et un soleil-arc en ciel au milieu.

Nous nous sommes assis au comptoir et avons commandé une bière. Nous étions fatigués et n'avions pas grand-chose à raconter. Dans ma bière brillait la lueur des loupiotes. Les points et les taches voguaient et dansaient dans le verre comme un minuscule banc de poissons multicolores.

J'y suis allé. La Lucky Deal a gloussé. J'ai posé ma main sur son flanc. Le bois chaud vibrait sous les doigts. J'ai vu un instant ma figure se refléter dans l'écran, pâle et floue, comme plongée sous l'eau. J'ai glissé quelques pièces dans la fente et appuyé sur le bouton. Aussitôt les rouleaux se sont mis en mouvement, les symboles se sont déchaînés. Puis ils ont stoppé l'un après l'autre avec un bruit suave : le melon, le sept, la cloche, la pièce.

J'ai encore appuyé. Et encore. Je suis allé prendre un tabouret de bar et plus de pièces. La lumière, les sons, les clignotements me rendaient nerveux. Je gigotais en faisant tinter mes pièces dans ma poche. Je disais : « Allez, allez ! » aux rouleaux devant mon nez. Puis j'ai ramassé neuf fois ma mise. La machine s'est affolée, tout s'est mis à cligner, à clignoter, et une fanfare aiguë a retenti. J'ai éclaté de rire. Mon cœur s'est accéléré, j'ai eu l'impression de sentir les planches tanguer sous le tabouret ; quand j'ai appuyé sur le bouton pour la partie suivante, ma main tremblait.

Un moment plus tard Regnier est venu se poster à côté de moi : « Il est temps.

— Je reste encore un peu », j'ai dit.

Regnier a soupiré. « Écoute, a-t-il marmonné comme s'il avait une patate chaude dans la bouche. Écoute. » Mais il n'en a pas dit plus, et comme je ne pipais mot et enclenchais le bouton, qui était maintenant chaud, et familier, il a tourné les talons et il est parti.

J'ai eu ma phase de gagne tout de suite au début, c'était grandiose. Après le travail, j'allais à La Lune et presque tous les soirs je rentrais avec un gain à la maison. Je n'en revenais pas, pour la première fois de ma vie j'avais l'impression d'avoir trouvé mon truc. Ça peut avoir l'air bizarre, mais, dès que j'étais à la Lucky Deal, je me sentais *exister.*

Je crois que ça ressemblait à de l'amour.

Je ne gagnais pas de grosses sommes, mais si souvent qu'un jour j'achetai à Louise un collier de petites pierres polies de couleur rouge. Je ne sais pas ce que c'était comme pierres, mais on aurait dit qu'elles brillaient de l'intérieur. Je lui ai passé le collier autour du cou, et le regard qu'elle m'a lancé m'a touché en plein cœur. Ce soir-là, j'étais convaincu que rien ne pourrait plus nous arriver.

Mais bientôt la Lucky Deal a commencé à me lasser. J'avais envie de quelque chose de nouveau, et puis les gains diminuaient. J'avais entendu dire qu'au centre de loisirs qu'ils avaient planté dans un champ à l'entrée de la ville se trouvait une salle de jeux avec des machines. J'ai pris un bus et y suis allé.

Le centre était un cube de verre et de béton totalement surdimensionné ; je ne comptais pas y rester longtemps. Mais, quand j'ai découvert la salle de jeux au sous-sol et franchi le seuil, j'ai eu un choc : ça dépassait l'imagination, ça clignotait, scintillait, vrombissait, piaulait, glapissait, un chaos inimaginable de lumières, de sons, de voix et de musique. Debout sur un tapis criblé de trous de cigarettes, je me sentais comme l'homme-fusée d'un film que j'avais vu avec Louise, à la fois perdu et protégé dans l'infinie solitude de l'univers.

J'y suis revenu presque chaque soir. Parfois

j'empruntais la camionnette et y allais en tenue de travail. J'étais accroché. Dans la journée déjà, au milieu de la verdure, je pensais aux machines, les Six Bomb, Cash Crazy ou Diamond Seven. J'ôtais les mauvaises herbes à la fourche, et les coquelicots clignotaient devant mes yeux comme les loupiotes de la grande Lucky Chamber.

Puis j'ai commencé à perdre. Au début à peine, très vite plus. J'aurais dû savoir ce qui me restait à faire. Mais je l'ai pris personnellement. Je considérais les pertes comme des défaites et me mis à parler aux machines. Je les exhortais, les implorais, mendiais, suppliais, leur criais, leur hurlais dessus. J'augmentai la mise et perdis. J'essayai des combinaisons et perdis. Je jouai au petit bonheur et perdis. Je voyais le solde glisser vers le moins, d'abord lentement, puis toujours plus vite. Il y avait encore de bons jours, mais ils ne faisaient qu'aggraver les choses en me redonnant confiance. J'ai continué à jouer et à perdre. J'ai perdu plus que je ne l'aurais jamais cru possible.

J'allais remonter la pente. Je savais que j'allais me refaire. J'avais eu un coup de poisse, il fallait juste avoir un peu de patience et la chance reviendrait. Je me suis mis à faire des dettes. J'empruntais à tous ceux qui me tombaient sous la main. Je vous le rendrai, disais-je. Donnez-moi un peu de temps, vous récupérerez tout.

Quand on a cessé de me croire, j'ai commencé à voler. Quand l'occasion se présentait, je fauchais quelques pièces ou quelques billets et, une nuit, j'ai pénétré dans la mairie par la fenêtre de la cave et forcé la caisse communale avec ma hache de jardinier.

Ils m'ont pincé quand j'ai tenté de revendre la camionnette. Je l'avais déclarée volée et cachée sous une bâche derrière la vieille serre, au bord de la route qui allait à la nationale. Je voulais la monnayer grâce à un contact de la salle de jeux. Le contact était une grande gueule, la bâche fut emportée par une bourrasque, et l'histoire éventée.

La mairie renonça aux poursuites, je crois que Regnier avait intercédé en ma faveur. Mais ils m'ont viré. J'ai accroché ma salopette dans la penderie et on s'est serré la main. « Bonne chance, je crois que demain on va avoir de la pluie », a dit Regnier en se grattant le crâne.

L'affaire s'était ébruitée. Kobielski ne me laissait même plus balayer son trottoir. Je me remis donc à trimer dans les champs et à empiler les cageots de légumes. Et je revins à La Lune d'Or comme avant. Dans le coin se dressait la Lucky Deal. Elle me parut minable, rayée, usée. Mais elle sonnait, couinait, clignotait, c'était comme une vieille connaissance qui m'aurait attendu.

Je ne sais plus exactement quand j'ai perdu Louise. Je crois que notre histoire était déjà finie au moment où je pensais encore que ça pouvait continuer éternellement. Mais peut-être que je ne pensais même pas ça. Le matin, je feignais souvent de dormir. Il me tardait qu'elle quitte la maison pour avoir ma tranquillité. Et ensuite, quand j'étais devant les machines, je pensais à peine à elle. À certains moments, c'était comme si son visage apparaissait dans l'écran, alors je savais que je l'aimais toujours. Mais, dès que les rouleaux se remettaient à tourner, il disparaissait.

Quand je rentrais à la maison, la plupart du temps elle était déjà couchée, et j'étais soulagé. Parfois pourtant, elle regardait encore le film de la nuit sur le canapé. Je m'asseyais à côté d'elle et je l'enlaçais en pensant : Je t'en prie, ne dis rien ! Surtout ne dis rien, laisse-nous simplement regarder ce film jusqu'à la fin, je t'en prie !

Et chaque fois, elle commençait. Je me trompais lourdement si je pensais qu'elle était du genre à se mêler des affaires d'autrui : « Ne crois pas que je veuille te régenter. Je ne veux pas te changer. Je voudrais juste te comprendre. Tant qu'à faire de vivre avec toi, j'aimerais au moins saisir un peu qui tu es, nom de Dieu, et ce que tu cherches ! »

Dans ces moments-là, elle pouvait devenir enragée. Elle faisait les cent pas dans la pièce en parlant fort, changeait brusquement de cap, s'arrêtait, me fixait dans les yeux et repartait. À la lueur de la télé, elle avait l'air d'exécuter quelque danse démente.

Un soir, peu après Noël, je suis rentré plus tard que d'habitude. Il faisait froid, un vent rude parcourait les rues, balayant la légère couche de poudreuse des jours précédents. J'avais encaissé un petit gain et me réjouissais de rentrer à la maison ; étrangement j'espérais que Louise serait encore éveillée et que les choses pourraient s'éclaircir un peu cette nuit-là. Je marchais dans la neige, j'entendais les pièces tinter dans ma poche et je m'imaginais en train d'effleurer sa nuque.

Je l'ai trouvée sur le canapé, la télé était éteinte, et j'ai vu qu'elle avait pleuré.

« Je veux que tu arrêtes, a-t-elle dit.

— De quoi faire ?

— Enlève ton manteau.

— Je dois arrêter quoi ? » j'ai redemandé, planté au milieu de la pièce, mes semelles comme clouées au sol. Mes mains étaient froides, incroyablement pesantes. Mon manteau gouttait tant qu'il pouvait.

« Je veux que tu te décides. Ou tu arrêtes ou tu t'en vas. »

Un rire m'a échappé. Un rire furieux, haché, sourd. Je me sentais trahi. Soudain la chaleur m'est montée au front, j'ai senti mes épaules se contracter.

« Ne le fais pas », a-t-elle dit à voix basse. Elle a regardé ses mains sur ses genoux et secoué lentement la tête. Au mur, au-dessus de l'endroit où sa grand-mère s'asseyait toujours, la pendule tictaquait.

« Louise. »

Elle a levé la tête et m'a regardé : « Va-t'en, va-t'en maintenant, s'il te plaît », a-t-elle dit.

Je suis resté sans voix. Qu'aurais-je pu dire, d'ailleurs ? D'abord j'ai pensé qu'on pourrait peut-être s'en sortir malgré tout, puis j'ai compris que c'était trop tard. Je l'aimais, mais elle me forçait à choisir. Et c'était absurde, car je n'avais pas le choix.

Quand j'ai tiré la porte derrière moi, je l'ai entendue sangloter à l'intérieur. C'était comme une plainte animale, un son tel que je n'en avais encore jamais entendu.

C'est tout. À peu près trois ans plus tard, je reçus une lettre. Plus exactement, une carte, dans une enveloppe couverte de son écriture serrée, appliquée. Elle écrivait qu'elle avait quitté la ville et habitait maintenant avec un homme qui s'appelait Stephen. Elle m'invitait à venir les voir. Stephen mettrait le barbecue en route, on mangerait des saucisses et des pommes de terre en causant, ou simplement en profitant du jardin. Profiter du jardin ? J'imaginai leur vie, dans une petite maison avec une allée en gravier, un poirier et une haie de genévriers. Cette idée me parut étrange. Elle ne connaissait rien aux plantes, et les bestioles sous les feuilles lui répugnaient. Stephen devrait se farcir la verdure tout seul.

Le jour où la carte de Louise est arrivée, je suis allé à La Lune d'Or. J'avais encore quelques pièces. Je me suis assis à la Lucky Deal et j'ai commencé à jouer. Et voilà : les rouleaux tournent, il suffit que tu continues à appuyer sur le bouton. Tu joues. Tu augmentes la mise. Tu gagnes quelquefois. Puis tu perds. Mais tu continues. Tu continues toujours.

Louise Trattner

Ça sent les hommes. Leur haleine, leur salive, leur sueur, et tout ce qu'ils ont laissé dans la nuit. Les lits sont encore chauds, les couvertures en désordre. Les draps ont des taches humides. Certaines ressemblent à des îles, d'autres à des têtes. Je m'imagine leur position. Leur corps en sueur qui tente de se blottir dans ce nid après une journée pleine de défaites. Ils ont sillonné la région dans leurs souliers vernis avec leur valise à roulettes, ils se sont assis dans des couloirs, dans des pièces et des bistros à quatre sous, se sont postés à des arrêts de bus et dans des entrées de maisons, ils se sont hâtés, ils ont couru et parlé, parlé, obséquieux, souriants, aux aguets, toujours prêts à tout, juste pour pouvoir finalement se glisser dans un lit étranger tout froid. À présent viennent les rêves. Ce sont des rêves de puissance et de déclin, de conquête et de délitement, de gares et de buvettes, d'interminables rangées de bancs de bois vides et d'un bras de femme blanc qui pend à la fenêtre du train comme un lambeau d'étoffe.

Sais-tu pourquoi je connais si bien les rêves de ces hommes, Lennie ? Ils me les ont racontés.

Te souviens-tu de Kobielski ? Tu étais adossé à la vitre, le hall illuminé avec ces voitures coûteuses dans le dos. Tu avais de l'allure. Toute ton attitude respirait le détachement, un désintérêt tranquille du monde. Ta tête était penchée, ton visage plongé dans l'ombre. Ça te donnait l'air mystérieux, et en même temps, j'ai cru te reconnaître. En vérité c'était une méprise. Je t'ai pris pour un autre, c'est pourquoi je t'ai abordé. J'aurais peut-être dû tirer vite les choses au clair, mais tu étais drôle, et j'étais seule. Ou j'ai peut-être seulement cru que tu étais drôle *parce que* j'étais seule. Peu importe, ça ne fait pas de différence. Quand Kobielski a fait partir son feu d'artifice un peu plus tard, nous étions depuis longtemps épaule contre épaule à la vitre et regardions la nuit exploser.

Ils m'ont prévenue contre toi. Toutes les femmes qui te connaissaient et la plupart des hommes. Ma grand-mère m'a dit, fais attention, cet homme est mauvais pour toi. J'ai répondu, ne te fais pas de soucis, je suis adulte. Pour l'amour on n'est jamais assez adulte, a-t-elle dit. J'ai dit, Oma, tu es vieille. Tu as fait tes expériences, mais tes expériences ne sont pas les miennes, tu comprends ? Elle s'est contentée de me regarder de ses yeux vieux et gris.

Tu t'es donc trompé en pensant que c'était à *toi* que j'ai parlé, ce soir-là. Tu t'es souvent trompé.

Tu as pensé si souvent que je m'étais endormie sur le sofa, la tête sur ton épaule ! Je n'ai pas dormi une seule fois. Je fermais seulement les yeux. Je savais que tu regarderais mon visage. Je sentais ton regard et je savais que tu n'oserais pas bouger tant que je n'aurais pas rouvert les yeux. C'était ma manière de te retenir, au moins aussi longtemps que durait le film.

Car la vérité, c'est aussi que je te voulais. Ça ne s'explique pas. C'est comme sauter dans un fleuve bien qu'on sache qu'il mène à un abîme. Seuls les suicidés et les amoureux connaissent ça. Je te voulais, et je t'ai eu. J'ai sauté. Et pendant un moment ce fut bien de me laisser porter avec toi.

Je ne te l'ai jamais dit, mais une fois je t'ai vu. Une seule fois. J'en avais assez de t'attendre et je suis sortie en pleine nuit. La ville était plongée dans l'obscurité. Les fenêtres de La Lune d'Or étaient les seules à éclairer la rue. Je t'ai vu debout devant cette machine. Et tes doigts qui pressaient tranquillement, comme en rythme, les pièces dans la fente. Ton pied qui frappait les dalles du sol en mesure. Et j'ai vu ton visage sur lequel glissait le reflet des petites lampes. Je voulais te rejoindre, mais j'étais clouée sur place et suis restée dehors dans la rue. Le plus troublant en effet, c'est que tu avais l'air heureux. Tu avais aussi belle allure que ce jour-là chez Kobielski, et pourtant tu m'étais étranger comme jamais encore. Tu étais un beau garçon étranger et heureux. Je t'ai regardé, une demi-heure ou plus, puis je suis rentrée à la maison.

Je ne sais pas ce qui m'a poussée à continuer. Ou si, je le sais : c'était la peur d'être seule. Et le défi. J'avais formé le dessein stupide de leur montrer, à tous ! Je voulais leur prouver qu'ils avaient tort, que leurs expériences ne me concernaient pas et que tous les fichus fleuves ne mènent pas forcément à de fichus abîmes.

Te souviens-tu du collier de pierres rouges que tu m'as posé sur le lit ? Quand j'ai ouvert les yeux, j'ai cru un instant qu'il y avait du sang sur l'oreiller. Tu m'as passé le collier autour du cou. C'étaient des pierres de verre. Du verre frais, lisse, bon marché. Je n'ai rien dit. Je n'ai rien dit non plus quand le collier a disparu un jour. Ni quand la bague d'argent de ma grand-mère est restée brusquement introuvable. Pas un mot quand des pièces et des billets manquaient dans mon sac. Tu ne t'es vraiment jamais demandé d'où je tenais tout cet argent ? Pourquoi il était parfois en vrac dans mon sac ? Combien gagne une femme de chambre dans une pension miteuse comme Le Bouc Noir, à ton avis ? Pas assez, Lennie.

Mais je voulais leur montrer. Et il y avait les hommes dans les lits chamboulés, avec leurs rêves chamboulés. Je ne me souviens pas d'une seule de toutes les paroles qu'ils me chuchotèrent à l'oreille, ni d'un seul nom, le souvenir de leur visage s'estompait avant même que j'aie quitté la chambre. Seule l'odeur restait.

Mais bon, ç'aurait pu être pire. Je t'ai pardonné tes mensonges. Les vols. Et pensais-tu vraiment que j'ignorais que ton boulot ne consistait pas seulement à tailler les roses ? Pouvais-tu sérieusement penser que je ne t'avais pas vu une seule fois en toutes ces années nettoyer les poubelles ou gratter les crottes de chien séchées sur les trottoirs ?

Je t'ai pardonné, Lennie. Mais moi je n'ai pas pu me pardonner. Je ne parle pas du temps perdu. Le temps ne se perd pas. C'est ma dignité que j'ai perdue. Ou plutôt : je m'en suis départie. Je me suis dépouillée de ma dignité comme d'un manteau usé.

Le soir où tu es parti, il y avait un film à la télé. C'était l'histoire d'un pilote qui tombe amoureux d'une contrebandière aux yeux noirs à Porto Rico et s'attire des ennuis à cause d'elle. Le pilote n'arrivait pas à dormir à cause de la chaleur et passait sans cesse son pouce sur sa moustache. C'est tout ce que je me rappelle. J'ai pleuré pendant tout le film. Je sanglotais et hurlais dans les coussins. J'étais furieuse et ne comprenais pas ce qui s'était passé. Je pensais à ma grand-mère et aux autres. Je les haïssais tous autant qu'ils étaient, et je me haïssais. Mais surtout je te haïssais toi, Lennie.

Ça a fini par passer. Le film était terminé et sous ma couverture j'ai entendu les actualités comme de très loin. Quelque chose en moi s'était brisé ou s'était détaché, et je sus que je n'aurais plus jamais besoin de te voir à La Lune d'Or, rayonnant de bonheur.

Stephen était un bon mari. Il s'était décidé pour moi, et j'étais fatiguée, je voulais m'appuyer sur quelqu'un. Son salaire suffisait pour nous deux, j'ai pu arrêter Le Bouc Noir. J'ai voulu m'occuper du jardin. Toutes les plantes ont crevé les unes après les autres, j'ai dit à Stephen que ça devait venir de la terre ou de la pluie ou de la pollution ou de je ne sais quoi. Il a dit, tu as sans doute raison, et nous avons bétonné les deux tiers de la pelouse. Le poirier poussait tout de même bien. Ses fleurs étaient blanches et délicates, leur parfum imprégnait la maison au printemps, quand les fenêtres étaient ouvertes.

Tu penses sûrement que je suis encore en vie. Ton imagination a toujours été limitée. Tu te figures peut-être même que je suis sur ta tombe en ce moment, les yeux gros de larmes ou quasiment. Tu te trompes, une fois de plus.

Te souviens-tu de la carte que je t'ai envoyée ? Je l'ai écrite un soir d'avril. Dehors il pleuvait à verse. J'étais à la table de la cuisine en train d'écrire la carte et me sentais libre et bien comme jamais depuis longtemps. Quand elle a été terminée, je me suis levée et suis allée à la fenêtre. Le poirier bruissait sous la pluie. Le lendemain j'étais trop faible pour me lever et à peine un mois plus tard j'étais morte. Depuis un bon moment déjà quelque chose avait commencé à me ronger de l'intérieur. Stephen est resté auprès de moi jusqu'à la fin. Il était à mon chevet, et j'ai vu son visage pâlir de jour en jour, jusqu'à ce qu'il finisse par se fondre dans la clarté de la chambre blanche comme la chaux. De ces jours et de ces nuits il ne m'est presque tien resté. Un de mes derniers souvenirs fut celui de tes mains, Lennie. Tes doigts sentaient la terre.

Gerda Baehr

Couchée ici, je pense à toi. Il se peut que je rêve seulement de toi, mais ça revient au même. Je sais qu'aujourd'hui c'est dimanche. Car c'est drôlement animé là-haut. Avant, nous restions couchés certains dimanches, nous nous aimions et nous prélassions ensuite au lit sans rien dire. Il y a plus longtemps encore, je n'aurais jamais cru qu'on puisse avoir tant de plaisir avec un homme gros. On ne passait pas la journée au lit bien entendu. Ça ne se fait pas. Mais dehors c'était bien aussi. Un dimanche sans toi était incomplet. T'aimer, être couchée près de toi, dans le lit, dans l'herbe, dans la neige. Pour moi c'était tout.

K. P. Lindow

Un petit garçon est assis devant sa radio dans le jardin. Il écoute une chanson et se met à pleurer. Il gémit et sanglote. Non parce que la chanson est trop triste. Il gémit et sanglote parce qu'elle sera bientôt finie.

C'est l'été. Des guêpes pénètrent dans la maison. Elles sont écloses trop tôt et bourdonnent par douzaines au-dessus de la table et devant la fenêtre, avant de mourir. Ma mère les ramasse dans sa petite pelle de ménage, mon père grimpe sur le toit du garage pour trouver le nid. Il veut l'enfumer. J'aimais bien les guêpes. Je n'avais pas peur de me faire piquer. J'avais peur d'autres choses. Pour moi les guêpes étaient innocentes. Elles étaient des anges qui maintenant ruisselaient, tout petits, morts et racornis dans la pelle de ma mère.

Collections : pierres, petits bouts de soufre, dents de lait, coquilles d'escargots, simples saletés, images de femmes nues, noms de personnes mortes, élastiques (de toutes les couleurs sauf rouge), tire-bouchons, cartons de bière, timbres, verres de lunettes, gros mots, idées de vengeance.

Idées de vengeance : découvrir les secrets des parents et les dévoiler aux gens dans des lettres anonymes. Tendre un fil au-dessus de la Marktstrasse pour décapiter le prof de maths sur son vélo. Faire sauter divers bâtiments. Les reconquérir, pour les quitter ensuite de nouveau. S'immoler par le feu sur la place de la mairie. Arracher les yeux de papa. Hacher maman en petits morceaux. Renoncer à la vengeance et humilier l'ennemi à force de bonté et de grandeur d'âme en le laissant croupir dans sa méchanceté.

Mes mains, petits paquets tendres et roses, frappent le tapis. Puis les cubes. La caserne des pompiers. Tout doit y passer. Tout doit se dissoudre dans ma colère brûlante, bouillonnante et mouillée. Mes mains font ce que je veux. Elles anéantissent les paroles des adultes avant même qu'elles puissent pénétrer mon oreille. Ce sont mes copains, les seuls que j'ai.

Les mêmes mains (est-ce vraiment les mêmes ?) soixante-dix ans plus tard. Je les examine, les taches, les rides, les poils, les cicatrices. Que s'est-il passé ? Elles reposent sur une nappe en plastique jaune, les doigts entrelacés, pareils à des racines noueuses. Avec l'âge est finalement venue la prière. Ou plutôt, l'imploration : Je t'en prie, donne-moi. Je t'en prie, laisse-moi. Je t'en prie, offre-moi. Je t'en prie. Je t'en prie !

Insensiblement le désir des premières fois se mue en espoir des dernières fois.

Et toujours, des nappes en plastique. Sous le toit. Dans le jardin. À l'école. Dans la chambre du fond. Dans la salle commune. Dans la maison d'hôtes. Chez le voisin. À la police. Chez les pompiers. Chez tous les autres. Dans la salle de repos. À l'hôpital. À la cave.

À la fête du printemps. Les lampions se balancent dans la brise, et on compte déjà trois bagarres avant même la tombée du jour. Rien n'a changé et pourtant rien n'est pareil. Une jupe jaune. Un rire. Un caillou dans la chaussure. L'amour est un embrasement. Prendre sa main me coûte plus que me dénuder ensuite devant elle. Mais au moins on n'est pas encore obligé de parler beaucoup.

Cette nuit nous laissons la fenêtre ouverte. – Les chats vont nous regarder. – Ça ne me fait rien, viens maintenant ! Je l'aime. J'aime son ventre. Ses fesses. Son visage. Sa voix. J'aime tout ce qu'elle dit et fait. Cette nuit-là nous avons vaincu la mort. Et les chats se sont rincé l'œil.

Puis c'est fini. Pourtant il ne s'est rien passé. Il n'y avait même pas d'autre homme. Elle est simplement partie. Elle avait des griefs qu'elle a empilés devant moi comme des tuiles. Je les ai entendus et oubliés. Elle a fait ses paquets et emménagé chez sa mère. Plus tard elle a quitté la ville. Nous nous sommes embrassés pour nous dire adieu et elle a dit : Je t'appelle.

Encore une collection. Les moments avec elle : les jours jaunes de l'été. Le hamster mouillé sur le tapis. Les pieds dans le carton à chaussures. Trois déodorants pour le prix d'un. Un rire étouffé. L'affaire du merle. La fumée noire au-dessus des peupliers. Nous sous l'arbre. Sur le sofa. Sur la table de la cuisine. Dans l'herbe. Dans le pré. Au lit.

Notre table est redevenue ma table.

Bien sûr il y en eut quelques autres. Ce n'était plus pareil, mais qui voudrait recommencer ? Et plus tard j'ai eu un chat. Il était vieux, son poil était rêche et terne, sa queue toute cabossée, et une de ses pattes arrière proéminente et raide comme un piquet. Son œil droit était vitreux et ne bougeait que lentement. Cet œil était peut-être aveugle. Mais ses dents étaient jaunes et solides, et il courait encore comme un jeune malgré sa patte folle. On s'est plu d'emblée. Il était venu se frotter contre les jambes de mon pantalon. Il n'avait pas bonne mine, efflanqué, affaibli, et j'ai mis un moment à le requinquer. Ce qui est resté, c'est sa puanteur. Rien à faire. Il empestait comme un cloaque. Mais je m'y habituai avec le temps. Il fallut qu'il meure pour que je perçoive de nouveau le parfum du printemps et ma propre odeur corporelle.

Je crois que j'ai plus parlé avec le chat qu'avec la plupart des humains.

Le ciel nocturne bleu-noir. Des gens ivres sous la fenêtre, ils braillent et hurlent après leurs potes ou leur nostalgie. Puis le calme revient. Une ombre au-dessus du toit. Il paraît qu'il y a de nouveau des chauves-souris à la mairie, les premières depuis des décennies. Le téléphone sonne. Il s'arrête. L'estomac proteste. Sur la table une moitié de petit pain. Mais la table est très loin. Tout est très loin. Sauf la chauve-souris qui s'est posée sur ton front. Elle y est posée, te regarde et déploie ses ailes sur ton visage.

Lâcher prise n'est pas évident. Pendant la toilette une dent me tombe de la bouche. Elle ne m'avait jamais fait mal et ne bougeait même pas. Elle est dans le lavabo maintenant, usée, jaune avec des taches brunes. C'est une traîtresse. Il en reste tout de même sept. Je vais leur donner des noms.

Les pas de mon père dans le couloir. L'odeur de la toque de fourrure de maman. Le médecin.

Les voix des infirmières de nuit. Le chemin de fer. Nos doigts dans la fente de velours répugnante entre les coussins des sièges de cinéma. Des trajets en bus. De sombres soirées d'hiver. Le lait renversé sur le sol de la cuisine. Chutes. Blessures. Cicatrices. Ses bras à elle. Ses pieds. Son front. Dans les poubelles la caisse avec les cubes. Biscuits. Pommes. Tartines. Treize verres et pas encore assez. Les oiseaux morts devant la porte de la maison. Une guêpe agonisante sur l'appui de la fenêtre telle une toupie bourdonnante. Une musique lointaine. La mort arrive comme une bourrasque. Elle t'emmène. Elle t'emporte.

Comment je le sais ? Je ne le sais pas.

Stéphanie Stanek

J'ai vu brûler l'église. C'était par un chaud matin d'automne. J'étais déjà vieille à cette époque, et l'inquiétude me sortait tôt du lit. Je marchais dans les rues, et vite j'ai entendu le crépitement des flammes. L'église brûlait haut et clair ; par le portail ouvert, derrière les nuages de fumée, on voyait l'ombre du curé debout, les bras grands ouverts au milieu d'une pluie d'étincelles. Les gens accouraient. Ils criaient. Puis les pompiers sont arrivés. Le dos du curé était noir quand ils l'ont sorti et couché sur le brancard. L'église fut réduite en cendres. Des étincelles étaient suspendues aux branches des marronniers telles de minuscules lampes électriques. C'était beau. Cela me faisait mal au cœur, à cause des souvenirs. Plus tard on a reconstruit l'église. Mais la fête pour la pose de la charpente, moi je ne l'ai plus vécue.

Dans la nuit où je suis morte, le ciel s'était couvert, et peu après il a commencé à neiger. Il faisait froid. À l'enterrement, un des fossoyeurs a glissé et failli tomber dans la tombe ouverte. Peu de gens s'étaient déplacés. Lotte. Ma petite-fille Louise. Trois femmes. Et un curé que je ne connaissais pas. Il a dit : « Repose-toi, car tu étais lasse », et il neigeait et neigeait.

J'ai connu beaucoup de gens d'Église, mais je ne les aimais pas. Je me défiais d'eux. J'aimais aller à l'église, mais n'allais jamais à confesse. Je savais que, même si Dieu me pardonne, moi-même je ne le peux pas.

Mais le curé avait raison : j'étais lasse. Ma route a été longue. Je me souviens du début. Du village dont je n'ai pas envie de prononcer le nom. Des bêtes. De cette odeur de paille brûlée, de fumier, de soleil printanier. Les arbres l'hiver, secs comme des os. Dans les buissons un lièvre sans yeux raidi par le gel. La viande à Noël. Les parents. Les bottes de papa. La forêt. La neige. Toute cette neige.

On entendait déjà le front et, à l'horizon, la forêt semblait incandescente. Quand ils sont venus et ont défoncé la porte, j'étais avec ma petite Lotte dans la paille humide, près de la vache. Ils ont emmené mes parents et tout ce que nous avions. Notre maison a succombé aux derniers incendies.

Pendant un moment, nous avons pu nous cacher chez la voisine. Dans le sol du cellier, il y avait des planches qu'on soulevait pour se glisser dessous. Ils venaient tous les jours, chercher de la viande, des vêtements, des femmes. Nous restions couchées là en silence, pendant qu'ils parcouraient la maison au-dessus de nous, martelant le sol de leurs lourdes bottes. Je tenais Lotte sous mon manteau et sentais son souffle chaud contre mon ventre.

Je ne comprends pas pourquoi ils ont emmené la voisine. Elle était pourtant déjà vieille. Peut-être a-t-elle fait une bêtise, peut-être est-ce arrivé dans l'obscurité et ils se sont mépris. En tout cas, un jour elle a disparu, et ils nous ont trouvées. Mais nous avons eu de la chance. On nous a affectées à un groupe de femmes, d'enfants et de vieillards. Tout le monde a reçu un brassard, et nous avons tous pris le chemin de la gare. La petite a agité la main à l'arrivée du train. Quand il est parti, j'ai réussi à regarder par une lucarne. Le quai était baigné de soleil. Des hommes ont ri et m'ont crié quelque chose quand le train s'est ébranlé. Sur le bord du quai gisait une chaussure de femme marron.

Nous avons fait la première partie de la route dans un wagon de marchandises. Nous étions si tassés qu'il a fallu s'asseoir à tour de rôle, mais on s'est arrangés. Peu avant la frontière, le train s'est arrêté et nous avons continué à pied. Après avoir passé la frontière, nous avons arraché nos brassards et les avons brûlés. Beaucoup de gens riaient comme des fous. Une femme a jeté son brassard par terre et entamé une danse du feu. Je me suis assise sur une pierre et j'ai respiré, enfin. Toute ma vie d'après, toute la vie après ce bref instant sur la pierre à la frontière, je ne fis que respirer enfin, longuement.

Nous avancions en convoi. Nous dormions sous les voitures, dans des étables, dans les champs. Les nuits étaient froides, souvent nous avions faim. Quand c'était possible, nous cueillions des oignons et des pommes de terre dans les champs. Nous savions que c'était du vol, mais nous n'éprouvions pas de remords.

Il y avait des piqûres de camphre contre le typhus, mais le camphre rend fou, je le savais, et j'ai arrêté les piqûres. Dans ma fièvre j'ai vu un cheval. Il se découpait à l'horizon et portait un soleil rouge sur son dos. Dans les arbres au bord de la route étaient perchés des anges noirs.

J'avais toujours su combien Lotte était forte. Elle n'avait que six ans, mais elle marchait comme une grande. Sous la poussière des rues ses jambes étaient lisses et bronzées. Nous marchions côte à côte en nous tenant par la main. Un jour on y sera, lui disais-je. On sera arrivées et on se reposera. Pour le moment il fallait marcher. Toujours plus loin vers l'ouest, pas après pas, entre tous les autres qui avançaient devant et derrière nous, et qui étaient chaque jour moins nombreux. Un jour on y sera et on se reposera.

La route fut plus longue qu'ils ne nous l'avaient dit. Apparemment il y avait peu de place dans le pays, on nous renvoyait d'un endroit à l'autre. En fin de compte nous sommes arrivés à Paulstadt. Un de nos parents était censé y demeurer, mais je ne l'ai jamais trouvé. Peut-être me l'étais-je seulement imaginé.

Les premiers temps nous logions dans la cave à charbon sous la boucherie Buxter. La cave était sombre et froide, mais le charbon absorbait l'humidité de l'air, et quelquefois le boucher nous donnait des os ou un bout de lard pour la soupe.

Lotte n'a jamais connu son père. Plus tard j'ai entendu dire qu'il était mort depuis longtemps lorsque ses lettres nous parvinrent. Elle ne l'a jamais connu, donc il ne lui a jamais manqué, ce fut sa chance. Nous sommes restées à Paulstadt. Il n'y avait pas de retour possible.

J'ai trouvé du travail, d'abord dans les champs, puis à la confiserie de Mme Klausner, où je servais les clients. J'aimais ce travail, et Lotte poussait bien. À cause des brisures de chocolat, elle est devenue un peu boulotte. Mais elle a trouvé un mari et elle a mis Louise au monde. Ensuite elle a quitté la ville à cause d'un emploi. Louise avait sa volonté, elle est restée chez moi, et je l'ai vue devenir femme à son tour et prendre un homme qui ne valait pas tripette.

Au temps où je marchais en tenant Lotte par la main durant tant de jours, quand nous puisions nos forces l'une en l'autre, moi plus en elle qu'elle en moi, quand nous entendions les femmes crier la nuit et voyions qu'on ensevelissait les morts dans les fossés des routes le matin pour ne pas exposer leurs corps au soleil de midi – aucune plainte ne s'est échappée de la bouche de Lotte. Elle n'a rien dit quand ses chaussures sont parties en lambeaux et qu'elle a dû continuer à marcher avec des chiffons autour des pieds, ni quand les voitures ont été fouillées et pillées et qu'on a emporté nos dernières affaires, les documents, les vêtements, la nourriture. Elle n'a rien dit et elle n'a pas pleuré. Mais moi je pleurais souvent quand elle dormait. Je n'étais pas triste à cause des choses que nous avions perdues. Je pleurais à cause du courage de Lotte.

Il est arrivé quelque chose sur cette longue route.

Le convoi a dû s'arrêter. Pendant quatre jours et quatre nuits nous n'avons pas bougé d'un pouce. Il y avait le feu quelque part loin devant, et on a dû barrer la route. Nous avons attendu. La nuit, une lune blafarde éclairait le pays et le bruit du vent qui balayait le sol asséché m'effrayait. Je m'imaginais voir des silhouettes et des bêtes se faufiler dans les champs, dès qu'un nuage obscurcissait la lune. La terre sur laquelle nous dormions était dure et froide, et le petit corps de Lotte tremblait sous mon manteau. J'avais vu une ferme à quelque distance de la route. Elle se composait d'une maison, d'une grange et de quelques étables. Elle était habitée par le fermier du coin. On en disait du mal. Je l'avais observé plusieurs fois chasser avec un grand chien noir des gens qui voulaient faire leurs besoins dans son pré. Mais il faisait tellement froid. « Dans les étables il fera chaud, ai-je dit à la troisième nuit, allons-y. » Lotte rechignait. Elle ne voulait pas traverser les prés, les ombres entre les sillons de la terre lui faisaient peur. J'ai passé outre. Un toit sur la tête et un peu de paille dans le dos nous feraient du bien.

De loin déjà nous avons entendu le chien aboyer. Le fermier était devant sa porte. Un homme massif aux cheveux roux et aux grosses mains informes. Ses jambes étaient fourrées dans de hautes bottes où collait de la terre. De la maison derrière lui nous parvenait un bruit de marmite qui bouillait. Je lui ai demandé si nous pouvions dormir dans une des étables. Il nous a regardées longuement. Il n'y avait rien d'amical dans ses yeux. Mais ensuite il a dit oui, et je me revois éclater de rire et avoir aussitôt honte de mon rire.

La porcherie était vide. Il avait peut-être dû vendre ses porcs ou il les avait tués. Nous nous sommes étendues dans la paille. Il nous a donné quelques pommes de terre bouillies et une couverture de cheval. Nous avons gardé les pommes de terre longtemps dans nos mains avant de les manger. Elles dégageaient plus de chaleur que la couverture. Avant de m'endormir j'ai entendu les bêtes bouger et ruminer dans l'étable voisine et, un bref instant, j'ai pensé que tout ça serait peut-être bientôt fini.

Il était sûrement plus de minuit quand le fermier est venu à la porcherie. La porte s'est ouverte presque sans bruit, mais j'avais le sommeil léger et me suis redressée en sursautant. Il est resté debout au milieu de la pièce. La lune luisait dans son dos. Son visage était à moitié dans l'obscurité, je ne distinguais pas ses yeux.

Mais je savais qu'il nous regardait. Il avait le souffle court et son haleine fumait au clair de lune. J'ai chuchoté : « Va-t'en ! Je t'en prie, va-t'en !

— Je voudrais te demander quelque chose, a-t-il dit.

— Quoi, pour l'amour du ciel ? »

Il a fait un pas vers nous, puis s'est arrêté de nouveau. Son visage était tout entier dans l'obscurité à présent. Son bras était légèrement levé, et j'ai eu peur en voyant qu'il tenait quelque chose dans la main. C'était un poulet mort. Il l'avait attrapé par le cou, et le corps pendouillait, inerte, au bout de son poing.

« Je voudrais que tu m'écoutes », a-t-il dit.

Il y avait quelque chose de triste dans sa voix, j'ai ressenti soudain de la compassion pour cet homme planté là, ce poulet mort à la main. J'ai dit : « Assieds-toi. Mais fais doucement, la petite dort. » Il s'est assis à côté de nous dans la paille et a commencé à parler. « Peut-être que toi tu vas me comprendre, dit-il. Je l'espère. Je l'espère tellement. Je connais des gens comme vous. Je sais d'où vous venez. Et je sais qu'il n'y a pas de retour possible. Vous… toi et ta petite… je t'ai vue venir vers la maison à travers les champs. Je vous ai vues, et c'était comme… je ne sais pas comment dire, mais j'ai eu l'impression que toi tu m'écouterais. » Le fermier parlait lentement, par à-coups. Il fixait le sol en parlant comme s'il extirpait les mots un à un de la paille. « Je ne suis pas encore vieux. Pourtant je n'arrive pas à dormir. La nuit, des pensées me viennent. Ce ne sont pas de belles pensées. J'ai quelquefois l'impression que ce ne sont pas les miennes. C'est comme si les pensées volaient au-dessus des champs dans l'obscurité et venaient s'incruster en moi. » Il a levé la tête et j'ai vu ses yeux, dans lesquels flottaient deux minuscules lunes blanches. « J'avais une femme, a-t-il poursuivi, une bonne épouse qui voulait rester avec moi. Nous partagions les repas et nous partagions le lit. Je l'entendais respirer, la nuit. Le bruit de son souffle chassait les pensées. »

Il s'est tu. Un frisson l'a parcouru, je me suis dit qu'il allait se lever et quitter la porcherie, mais il s'est affaissé de nouveau sur lui-même en regardant le sol. « Tu as vu la terre, a-t-il murmuré. J'en ai beaucoup. Mais pas assez en fin de compte. Au début c'était différent. Nous nous asseyions devant la maison dans les chaudes soirées d'été et regardions les lointains. Mais je regardais aussi son visage. Il était si beau, éclairé par le couchant. Je ne pouvais pas faire autrement que l'aimer. »

Il a fixé un moment la lune dans le rectangle de la porte. Puis il a poursuivi. « Les années ont passé, et ça aurait pu bien tourner. Mais à un moment elle a été prise d'une espèce de fébrilité. Ses mains ne tenaient plus en place. Il y avait comme un regret en elle, je ne sais pas, en tout cas elle voulait… elle voulait des choses. »

Tout à coup il s'est levé. Il était très ému, il haletait, j'ai craint que la petite ne se réveille. J'ai dit : « Assieds-toi, continue. » Il s'est rassis.

« Je croyais que tout s'arrangerait. Peut-être que j'aurais dû… je ne sais pas. En tout cas désormais elle était insatisfaite. Elle ne voulait plus s'asseoir devant la maison le soir. Elle disait que la campagne l'ennuyait et que le soleil lui faisait mal aux yeux. Elle est devenue dure et méchante. Et je me suis durci moi aussi. Peut-être que j'ai été injuste. Mais qu'est-ce que j'aurais dû faire ? J'avais horriblement peur qu'elle s'en aille. Je lui disais qu'il fallait être patient, avoir confiance. Il fallait simplement rester ensemble. Je le lui répétais tout le temps. »

Le fermier s'est penché en avant. Il donnait l'impression d'avoir mal. Puis il s'est redressé et a poursuivi. Il y avait un tremblement dans sa voix à présent, et il chuchotait encore plus bas qu'avant.

« Un soir, au printemps, je m'étais assis seul devant la maison. J'avais bu, la terre s'étendait devant moi comme à perte de vue. Soudain tout m'a paru simple, et j'ai voulu lui montrer toute cette beauté. Je voulais la prendre dans mes bras, je croyais qu'elle me comprendrait et que dorénavant tout irait bien. Je l'ai appelée, mais elle n'a pas répondu, alors je suis entré dans la maison. Elle était assise à la table, le regard perdu dans un saladier d'oignons. Je lui ai dit de sortir avec moi, j'avais quelque chose à lui montrer. Mais elle s'est bornée à secouer la tête, et la colère m'a pris. J'ai claqué la porte derrière moi et j'ai déversé sur elle un flot de paroles. Je voulais qu'elle comprenne enfin, je voulais que tout redevienne comme avant. J'ai haussé le ton. Je lui ai fait des reproches. J'ai dit des choses horribles. J'ai crié, j'ai hurlé. Donné des coups de poing dans le buffet. J'ai empoigné le saladier plein et l'ai jeté contre le vaisselier. J'ai piétiné la vaisselle et les oignons. Les éclats craquaient et crissaient sous mes bottes et tout, tout s'est brisé. »

Longtemps il est resté immobile. Ses yeux étaient clos, son souffle régulier. Je pensais déjà qu'il s'était endormi, quand il a recommencé à parler :

« J'ai une chose à te demander. C'est une broutille. Je t'ai apporté le poulet. Dans la maison il y a des œufs et des raves. Prends-en autant que tu peux en porter. Prends-les tous.

— Qu'est-ce que tu veux ?

— Je veux que tu me laisses un instant seul avec ta fille. Que tu sortes de la porcherie. Il ne se passera rien. Tu peux me faire confiance. Parce que je crois que c'est un cadeau. Vous avez trouvé le chemin de ma maison. Et sa présence est le cadeau que j'ai attendu si longtemps. »

Le fermier m'a saisi le bras. « Fais-moi confiance. Je ne suis pas un mauvais homme. Je t'en prie, fais-moi confiance. »

Que dire ? Nous avions faim. Et il y avait une telle tristesse dans son être. Je ne craignais pas qu'il fasse quelque chose de mal. J'ai calé la tête de Lotte dans la paille, l'ai couverte et suis sortie.

La nuit était froide et paisible. La lune éclairait les champs, et au loin on distinguait la rangée des voitures qui s'étirait au-delà de l'horizon. Une odeur de bois brûlé flottait dans l'air. Je me suis dit que j'allais faire cuire le poulet et les raves. Mais j'envelopperais les œufs dans mon écharpe de laine et les conserverais. Puis je les emballerais peut-être dans de la paille. Ça les protégerait du soleil.

Aucun bruit ne me parvenait de la porcherie. J'avais juste poussé la porte, mais rien ne bougeait. J'ai pensé à ce qu'avait dit le fermier : *sa présence est un cadeau.* Une autre idée m'est venue, et j'ai fermé les yeux quelques secondes. Je croyais entendre mon cœur battre. Il battait si fort qu'il devait s'entendre à des lieues à la ronde.

Je me suis faufilée vers la porcherie et j'ai regardé dans l'entrebâillement de la porte. Mes yeux ont mis un moment à s'habituer au noir. J'ai vu le corps informe du fermier. Il était agenouillé à côté de Lotte, immobile dans la paille. Ses mains reposaient sur ses genoux, les paumes ouvertes. Le buste penché vers elle, il contemplait son visage. L'image de l'homme agenouillé et de l'enfant endormie m'a paru très paisible, mais brusquement j'ai vu les yeux de Lotte grands ouverts. Dans l'ombre du corps de l'homme je n'avais d'abord pas distingué son visage. Mais j'ai vu qu'elle fixait l'homme et j'ai vu la terreur dans ses yeux.

J'ai poussé la porte en criant. J'ai frappé son dos à deux mains, attrapé Lotte tout en le voyant du coin de l'œil rouler sur le côté en poussant un gémissement ; je me suis précipitée dehors avec elle. Je la serrais contre ma poitrine et n'ai cessé de courir que lorsque j'ai atteint la route, là je me suis glissée sous une voiture et l'ai couverte de mon corps tant bien que mal.

Et c'est ce que j'ai porté en moi le reste de cette longue route : l'image des yeux de mon enfant, deux gouttes limpides comme de l'eau dans l'obscurité de la nuit.

Le jour suivant la route fut dégagée, et nous sommes repartis.

J'ai vu nos ombres sur le sol devant nous pendant tant d'heures innombrables qu'aujourd'hui encore c'est comme si elles continuaient à avancer, toujours plus loin, inexorablement, sans nous, toutes seules.

Heiner Joseph Landmann

Bonjour.

Qu'avez-vous ressenti, mes chers concitoyens, quand vous m'avez descendu dans ce trou et que Richard Regnier m'a jeté en guise d'adieu une petite branche de noisetier brisée ? Qu'avez-vous pensé pendant le discours du curé ? Il avait dû se jucher sur un tabouret de cuisine pour se faire entendre, car vous étiez tous venus – et je vous en remercie. Ce sont mes derniers remerciements, du fond même de la tombe, où d'ailleurs, on n'est pas si mal couché que je l'ai toujours redouté.

Et toute la peine que s'est donnée le pauvre curé avec son discours ! Il n'y avait pas un mot de vrai. Car la vérité n'est rien de plus qu'un désir.

Me voici couché là, moi votre maire. Mon père, Heiner Joseph Landmann senior, gît à moins d'une longueur de bras. Vivants, nous n'avons jamais été si proches. Son père, quant à lui, mon grand-père Theodor C. Landmann, repose à environ un mètre et demi au-dessous. On s'enfonce avec le temps.

Theodor C. était architecte, c'est lui qui, comme vous savez, a conçu le parc municipal et le bâtiment de l'école. Il était bon en calcul et dessinait les arbres comme personne. En outre c'était un philanthrope. Ce que Heiner Joseph senior n'était assurément pas. Il ne pouvait pas souffrir les gens. La plupart, ma mère et moi y compris, il les haïssait même. C'est sans doute pour cela précisément qu'il devint maire et réussit à le rester près de dix-sept ans. La fonction lui procurait la distance aux gens qu'il jugeait nécessaire. C'était un mauvais homme, un mauvais père, et moi un petit sot qui voulait faire mieux que lui. À certains égards j'y suis aussi parvenu.

J'ai même tenu plus longtemps que toi, papa : vingt-neuf ans. Durant tout ce temps le sort de la ville a reposé entre mes mains.

Et c'est quelque chose ou je ne m'y connais pas.

Pourtant vous n'êtes jamais las de me reprocher mes erreurs. Vos plaintes s'insinuent jusque dans les profondeurs humides de ma tombe. Vous dites que j'ai fait des promesses honteuses, inconsidérées. Mais qu'aurais-je bien pu faire d'autre ? J'étais un homme politique. Et j'ai essayé. Je me suis présenté parce que j'avais des projets pour la ville. Je lui voulais du bien. Ou du moins pas de mal. En tout cas autre chose que papa.

Vous dites que j'ai éliminé mes adversaires les uns après les autres par tous les moyens. Oui, c'est exactement ce que j'ai fait. (Encore que, soit dit en passant, je n'eus guère à employer les grands moyens.)

J'entends des rumeurs d'urnes trouées. De bulletins de vote qui auraient disparu et d'autres qu'on aurait comptés deux ou trois fois. Mais, bon sang, qui demande au bouc d'où il tient ses cornes tant qu'il mène le troupeau à bon port ?

Vous dites que j'ai exagéré avec les femmes. Pour être franc, je ne crois pas qu'on puisse trop aimer les femmes.

Vous parlez de pots-de-vin. Les pots-de-vin, c'est mal, dites-vous. Mais, je vous le demande, comment aurais-je pu donner sans avoir pris auparavant ? On ne peut prodiguer que les poches pleines.

Je vois déjà l'un d'entre vous, sûrement un brave, un de ces gars qui savent tout ou qui ont toujours prétendu tout savoir, s'avancer maintenant et demander d'une voix ferme : Ne pourrais-tu pas être un peu plus sérieux dans la mort que tu l'étais de ton vivant, Landmann ? La réponse est : non.

Vous pensez que j'ai roulé Karl Jonas dans la farine, que je lui ai soutiré ses champs ? J'aurais soudoyé agronomes et géomètres, puis tendu les deux mains avant d'attribuer le marché de notre centre de loisirs que vous désiriez tant ? Mes chers amis, je ne suis pas du genre à vous traiter de menteurs. Oui, j'ai donné un petit coup de pouce au cours des choses. L'avenir frappait désespérément aux portes de notre ville – je me trouvais là par hasard et j'ai encaissé le prix de l'entrée.

Plus tard se sont produites des choses qui ne dépendaient plus de ma volonté. Si elles en avaient dépendu, elles ne se seraient pas produites. Vous vous souvenez tous de cette effroyable journée où trois personnes périrent sous les décombres. Des piliers avaient été mal posés, l'acier avait durci trop vite, le béton avait été coulé trop tard, le sol était trop meuble, trop profond, trop infiltré, que sais-je.

La mort de ces trois personnes fut un malheur pour nous tous. Là-bas reposent leurs tombes, parcelle sept, rangées quatre et cinq.

Stephan Wichant. Friedbert Lohheim. Martha Avenieu.

Savez-vous quel fut le moment le plus bouleversant de ma vie ? Pas mon investiture de maire, ni le premier baiser de la jeune fille qui devait devenir ma femme (vous savez comment l'histoire s'est terminée). Même pas la naissance de mon premier enfant, que je considérais alors encore comme une évidence. Non. Ce fut le moment où nous nous sommes tous rassemblés sur la parcelle numéro sept, rangées quatre et cinq, pour rendre un dernier hommage à trois de nos concitoyens.

À ce moment-là nos cœurs battaient à l'unisson, et nous étions un seul et même organisme.

L'espace de ce moment triste à mourir, nous fûmes ce qu'on appelle une *communauté.*

La communauté la plus intime est la famille, nul ne le contesterait. Eh bien, moi si : la famille n'est qu'une communauté obligée. Ça peut marcher, mais souvent ça rate. Parce qu'en fin de compte on ne sait jamais sur qui on va tomber quand on quitte l'univers douillet du cocon utérin. Une communauté comme celle qui s'était réunie l'après-midi de ce samedi d'automne est quelque chose de radicalement différent. Elle émane de la libre volonté de chacun de ses membres.

C'est ce que je voulais dire.

Comme vous le savez, ma mère est partie juste après m'avoir expédié sur terre. Le cancer passait souvent inaperçu à l'époque et, en fervente catholique, maman se pensait habitée par le diable, qui lui aurait pris chaque jour un petit bout de foie. Tant qu'elle a pu parler, elle a rabroué les médecins, refusé leurs remèdes et remis son âme entre les mains du christ de bois suspendu dans sa chambre d'hôpital. Je crois que c'était une femme assez simplette.

Une légende veut qu'à l'âge de quatre ans j'aie dit : Je serai maire, vous ne pouvez pas m'en empêcher ! J'ignore si je saisissais bien le sens de mes paroles, en tout cas je trépignais allègrement sur le parquet du séjour en les proférant. J'étais un petit coq obstiné et m'imaginais sans doute qu'un maire est toujours entouré d'un nombre appréciable de femmes adultes et qu'en outre rien ne lui peut arriver. La première partie de la supposition est exacte, la deuxième non.

Le cancer m'a attrapé moi aussi.

Connaissez-vous Friedrich Sertürner ? Friedrich Wilhelm Adam Sertürner aurait bien voulu être architecte, mais il devint pharmacien. Heureusement pour moi. Car en 1804 (quand la population de Paulstadt se composait encore de quatre familles paysannes, certes toutes parentes, mais brouillées à mort, dont les fermes se situaient autour d'un étang marécageux, à peu près là où se trouve aujourd'hui la casse de Kobielski), Sertürner déroba on ne sait où quelques cuillerées d'opium pur qu'il distilla pour obtenir de l'alcaloïde d'opium.

Plus tard on affubla cet alcaloïde d'un autre nom : morphine. D'après Morphée, fils d'Hypnos, le dieu grec des rêves rompu aux métamorphoses, messager entre les mondes, et par-dessus le marché dieu de la mort paisible, ce qui le rend à mon avis extrêmement sympathique.

En fin de compte je comprends maman : le cancer est une affaire démoniaque. Tu le trimbales des années sans t'apercevoir de rien, et tout à coup c'est l'enfer. Un beau matin, aux toilettes, plongé dans *Le Courrier de Paulstadt*, tu vas entamer le courrier des lecteurs, quand tu ressens brusquement cette douleur. Un chien te plante ses crocs dans les reins et te les arrache l'un après l'autre. Et pas n'importe quel clebs, un molosse stupide et méchant aux yeux injectés de sang. Tu presses ton ventre à deux mains, bascules de la cuvette et te tords de douleur sur le carrelage. Quelqu'un hurle ton nom, tambourine à la porte, la force, et ensuite : cris, urgentiste, gyrophare, hôpital, etc.

Dès la première piqûre, tu vas mieux ; quand tu te retrouves sous perfusion les douleurs s'estompent lentement, elles ne sont bientôt plus qu'un vague souvenir, et en contemplant la beauté infinie du plafonnier au-dessus de ton lit, tu te dis que tout ça va finir par s'arranger.

Que nenni bien sûr. Le corps commence à pourrir et à se déliter comme une vieille barrique de bois. Mais finalement ce fut rapide et, toutes proportions gardées, agréable. Je me suis éteint dans les bras de Morphée.

Je me souviens qu'un jour, enfant, j'ai chié sur le tas de fumier et que papa l'a retourné ensuite avec sa fourche. Aujourd'hui, à peu près à l'endroit où était le tas de fumier, se dresse l'immeuble de verre des assurances Lainsam & Fils. Voilà qui en dit long sur le caractère éphémère de tout ce qui est humain.

Je me souviens d'un vieux pot que je trouvai dans un coin de notre cave. Je pissai dedans et en engraissai les tomates du jardin. Plus tard j'appris que ce n'était point un pot, mais le casque d'acier de grand-père, auquel il manquait un morceau. Il lui avait été arraché avec une bonne partie de la tempe gauche par un Anglais à la vue perçante. Après quoi grand-père vécut encore quarante-six ans, et il n'était pas si mal en point que ça.

Je me souviens de toutes ces mains que j'ai serrées et du peu d'entre elles qui m'ont tenu.

Je me souviens du soleil sur les champs enneigés. Il venait de se lever, et des alouettes montaient dans le ciel. On aurait dit qu'elles fuyaient sa lumière froide.

Je me souviens de mon père.

Je me souviens de mon fauteuil à la mairie. Je l'ai hérité de ma tante, et le premier geste de ma mandature fut de le faire porter dans le bureau du maire. Il était rongé de vers à bois, la sciure ruisselait d'un de ses pieds et le crin s'échappait du rembourrage des coussins. Il était vieux, laid et pas particulièrement confortable. Mais il m'appartenait à moi seul. Dans toute cette folie autour de moi, il m'apparaissait comme une sorte de petite patrie. Je pouvais m'y asseoir, m'y enfoncer, enfouir mes mains dans le crin et m'adonner vaguement à l'impression d'avoir un chez-soi.

Et ceci, mes chers concitoyens, nous ramène une dernière, toute dernière fois, à mes erreurs :

oui, j'ai graissé des pattes, fait de fausses promesses, et probablement un tas d'enfants illégitimes, j'ai menti et j'ai trompé, j'ai été mauvais, j'ai été faux et horrible. En résumé, les amis, j'ai été l'un d'entre vous !

Ah, une chose encore : ces derniers temps, pendant les chaudes soirées d'été, des jeunes gens pique-niquent sur notre tombe, dont le fils du vieux Schwitters, un triple idiot mal élevé et mal embouché. Ils ont choisi la tombe parce qu'elle a une énorme dalle de marbre noir qui garde la chaleur du soleil jusque tard dans la nuit. Ils s'y assoient, débitent continûment les pires âneries et renversent leur bière, qui coule sur les noms de notre famille gravés dans le marbre et colle aux lettres. De temps à autre le jeune Schwitters pisse contre l'arrière de la tombe, ce qui fait hennir et glousser les filles. Je les maudis. Je hais leur sottise et leur beauté. Je hais ce miracle qu'ils portent en eux et dont la pensée ne les effleure pas derrière leurs fronts lisses et brûlants.

Quelqu'un peut-il aller leur demander de rester à jamais ?

Martha Avenieu

Jeune fille, j'écrivais de longues lettres à des hommes imaginaires. Je parfumais les feuilles de papier de soie, les glissais dans des enveloppes non affranchies et les jetais dans la boîte aux lettres, le cœur battant. Je me demande si elles ont jamais été ouvertes.

Plus tard j'écrivis un roman, mais personne ne voulut le lire jusqu'au bout. J'allai brûler la pile des feuilles hors de la ville dans les champs. Elle finissait de se consumer, quand le vent souffla sur les cendres, je me retrouvai dans un tourbillon d'ombres qui voletaient, fragile essaim de papillons noirs.

Je n'étais pas comme les autres filles. Il me manquait leur propension à la gaieté, et parfois je désespérais de mes rêves. Je me sentais mal dans ma peau avec ces bras maigres et ce long cou, aussi déplacée dans mon corps que dans cette ville aux rues cahoteuses et à l'odeur de moisi qui s'échappait des fenêtres des caves en été. La nuit, couchée dans mon lit, la fenêtre ouverte, enlaçant un oreiller pressé sur ma poitrine, j'aspirais à la lumière et à la liberté.

Quelques semaines avant mon dix-neuvième anniversaire, je fis la connaissance de Robert. Il était assis sur un banc, place de la mairie, et donnait vaguement l'impression d'être perdu. Sa veste était mal boutonnée, et quand je vis ses petites mains qui reposaient sur ses genoux, je sentis en moi une chaleur que je n'avais encore jamais éprouvée. Quand nous nous sommes regardés, nous n'avons pas souri. Dès le début nous fûmes liés l'un à l'autre d'une manière étrange. Nous étions si différents, nous pensions et sentions exactement le contraire, et pourtant nous formions un couple. Nous étions comme deux branches divergentes d'un même tronc.

Nous nous sommes mariés avant même d'avoir vingt ans. La demande de Robert fut maladroite. La bague lui tomba de la main, et il dut ramper sous le banc de la cuisine pour la récupérer. Sa chemise était sortie de son pantalon et découvrait son dos blanc, juvénile. Je crois que nous avons ri tous les deux. Puis j'ai pris la bague et j'ai dit : Oui. La fête fut magnifique. J'ai dansé la moitié de la nuit, j'ai bu du vin et discuté. À travers le voile, les visages des invités me semblaient beaux et doux, pour la première fois de ma vie je me sentais femme.

C'était l'époque où la ville commençait à s'éveiller. Du goudron brûlant fumait à tous les coins de rue, on restaurait les maisons par rangées entières, et la Marktstrasse fut dotée de larges trottoirs équipés de réverbères. Le soir de mon vingt et unième anniversaire, postée avec Robert sous un de ces réverbères, je m'efforçais de le persuader. Excitée par ma détermination et le vin que nous avions bu, je m'étais arrêtée en rentrant et lui avais pris les mains : « Je veux faire quelque chose de notre vie. Je veux accomplir quelque chose, travailler et réussir. Je veux monter une affaire. Avec toi. » Je vis qu'il s'efforçait au calme, mais je voyais aussi les veines enfler sur ses tempes, sinuer et pulser comme si elles allaient éclater. « Quel genre d'affaire ? s'enquit-il.

— Je pensais à une boutique. Un magasin de chaussures. Il n'y en a pas encore à Paulstadt, les gens vont acheter leurs chaussures Dieu sait où. J'ai un peu d'argent. Les parents peuvent nous aider. Nous réunirons nos économies. Le dépôt de charbon du rez-de-chaussée est vide depuis des années. Imagine un peu : nous deux, toi et moi, dans notre petit magasin de chaussures à nous ! Tu verras, il nous faut juste un peu de courage. Tu n'en as pas envie, Robert ? Tu n'as pas envie d'avoir un peu de courage avec moi ? »

Son visage s'est légèrement affaissé, mais il a dit : « Bon, il faut bien faire quelque chose, évidemment. Entreprendre une chose. L'idée n'est peut-être pas si mauvaise. »

Je lui ai sauté au cou et l'ai couvert de baisers.

Le magasin marchait bien. Le bruit s'était vite répandu qu'un magasin de chaussures avait ouvert aux portes de la ville, et à tout bout de champ retentissait la petite clochette que Robert avait réussi à fixer au-dessus de la porte après quelques tentatives ratées. La maison était située sur la voie d'accès ouest à la nationale. Notre appartement était juste au-dessus de la boutique, au lever du jour je distinguais derrière le pare-brise de leur voiture les visages des gens qui partaient travailler, et en me penchant à la fenêtre je pouvais essuyer la poussière de l'enseigne *Chez Martha – Chaussures de dames.* Je travaillais de huit heures du matin à six heures du soir, m'occupais des stocks de la réserve, de la présentation de la marchandise et servais nos clientes. Robert assurait la comptabilité, et il nous arrivait de rester attablés dans la cuisine jusqu'au matin pour mettre ensemble de l'ordre dans son système embrouillé.

Robert était un être craintif et peu sûr de lui ; il s'efforçait de faire face à la vie, qu'il percevait comme un perpétuel défi. Il luttait contre les soucis, qui l'oppressaient, et contre les choses qui, toujours, semblaient se mettre en travers de ses membres aux gestes brouillons.

La demande en mariage ratée fut la première d'une longue série de maladresses. Les cartons à chaussures et les boîtes de cirage lui glissaient des mains, les chausse-pieds, les brosses, les cassettes avec l'argent, tout tombait par terre, presque chaque semaine des papiers et des tickets de caisse s'égaraient. Il ne savait pas s'y prendre avec les choses de la vie. Et il ne savait pas s'y prendre avec les femmes. Les mains de Robert semblaient mener leur propre vie, incapables de se plier à sa conception de l'amour.

Une nuit je lui demandai : « Qu'est-ce que tu désires en réalité, Robert ?

— Que veux-tu dire ?

— Je veux dire au lit.

— Oh, fit-il, puis silence.

— Mais dis-le-moi, insistai-je.

— Je crois qu'en la matière je ne désire rien. »

J'aurais aimé avoir un enfant. Je m'étais souvent imaginée en train de bercer un petit être dans mes bras. Il aurait grandi et je l'aurais pris par la main pour galoper avec lui dans les prés. Nous aurions tressé des couronnes de fleurs et tournoyé dans le nuage blanc des feuilles de peupliers.

Souvent la nuit, quand un nouveau mois venait de s'écouler, j'entendais le souffle de Robert à mes côtés, je sentais son corps tressaillir dans le sommeil, et je tremblais de désir et de joie en pensant à ce qui allait arriver.

Mais il n'arriva rien. Il est vain d'en chercher les causes, il n'y a rien à expliquer, ce n'est la faute de personne. Je n'ai pas fait de reproches à Robert, et au lieu de sombrer dans le désespoir, j'ai mis toute mon énergie à tenir le magasin. Je voulais déménager au centre-ville, quitter cette rue qui me paraissait de plus en plus grise et sinistre, et commençai à chercher des locaux appropriés. Je rêvais de vastes pièces lumineuses et de vendeuses dont l'élégance ne le céderait en rien à celle de leurs clientes. Chaque nuit je m'imaginais en train de créer une atmosphère pleine de vie et de lumière. Parfois je me glissais dans l'escalier obscur pour aller essayer en bas un des derniers modèles. J'arpentais le magasin et me contemplais dans le miroir en souriant comme je ne l'avais jamais fait, jeune fille.

Les difficultés commencèrent avec la mort de la fleuriste Gregorina Stavac. On trouva le cadavre de cette pauvre femme que quasiment personne ne connaissait vraiment à Paulstadt dans la réserve de sa boutique de la Marktstrasse. Celle-ci était idéalement située, mais son prix dépassait nos possibilités, et à peine deux mois après les obsèques, un magasin de chaussures vaste et moderne lui succéda. Le propriétaire en était Edward Millborg, un homme robuste à la barbe grise et aux yeux bleu délavé. Il se disait entrepreneur et évoluait dans différents secteurs d'activité, où l'amitié du maire le servait. Par tous les temps il portait un canotier et un costume clair dont le col était couvert de taches, dues au paquet de brillantine qu'il se collait dans les cheveux.

« Ça va être simple comme bonjour avec tout son argent et à cet emplacement », dit Robert, et une bouffée de haine me submergea. « Ferme ton clapet, dis-je, ferme ton clapet à la fin ! »

Tous les vendredis après-midi, Edward Millborg passait jeter un coup d'œil à son magasin et payer ses vendeuses. Il s'asseyait à la caisse et distribuait en riant constamment des enveloppes et de petits chocolats enveloppés de papier argent.

Un de ces vendredis-là, j'allai lui parler à la Marktstrasse. J'avais diverses choses à lui dire. Des choses d'une importance capitale, qui m'étaient apparues clairement dans la nuit. Mais quand je le vis, assis au milieu des femmes, rien de tout cela ne me revint à l'esprit. Son canotier rabattu sur la nuque, Edward Millborg était en train d'enfourner un bonbon. « Je voudrais vous parler », dis-je.

Il me regarda : « Qui êtes-vous, *madame* ? » C'était dit avec le sourire, mais sans trace de moquerie.

Les femmes s'éloignèrent et se mirent à s'affairer dans les rayonnages.

« Je pense que vous me connaissez parfaitement, dis-je. Je m'appelle Martha Avenieu. » Son sourire restait vissé sur sa bouche pendant qu'il faisait glisser son chocolat d'une joue à l'autre. Soudain il se leva et me tendit la main. « Que puis-je faire pour vous, *madame* ? »

Je jetai un coup d'œil autour de moi. Ici à l'intérieur, la pièce avait l'air beaucoup plus grande que du dehors. Millborg avait dû faire abattre le mur qui la séparait de la réserve.

« On dit qu'on l'a trouvée là-bas derrière, déclarai-je.

— Qui ?

— La fleuriste. À peu près à l'endroit de l'étagère aux modèles italiens pour hommes.

— Oh », fit Edward Millborg en soulevant

brièvement son chapeau et en passant la main dans sa chevelure où se reflétaient les petites lampes du plafond.

« Personne n'a rien remarqué, dis-je en élevant un peu trop la voix. Personne ne l'a fait rechercher, tout simplement, vous comprenez ? »

Les vendeuses avaient interrompu leurs tâches. Dans l'un des cartons à chaussures, du papier de soie bruissait.

« Elle a été seule toute sa vie, poursuivis-je. Je crois qu'elle ne voyait vraiment personne. »

Edward Millborg ne bronchait pas. Il ne souriait plus à présent. Je voulais continuer, lui lancer des choses à la face, mais je ne savais plus lesquelles.

« C'est simple comme bonjour, n'est-ce pas, avec votre argent et votre emplacement ? criai-je. Mais vous ne connaissez rien aux chaussures, pauvre sot. Espèce de sot, de pauvre type, d'horrible type ! »

Quand je me retrouvai dans la rue, le vent froid de février me souffla à la figure. La crasse d'un long hiver avait noirci la glace dans les joints des pavés. Il y avait peu de passants sur les trottoirs. Ils filaient, courbés, le visage enfoui dans de grosses écharpes. De l'autre côté de la rue, Margarete Lichtlein tirait sa charrette en parlant toute seule, défiant la pluie naissante.

Au magasin, Robert, assis à la caisse, rangeait des papiers dans un classeur. Pour chaque processus il tenait un classeur annoté d'une couleur particulière : achats, ventes, commandes, réclamations. Robert affectionnait ses classeurs de différentes couleurs.

« Comment c'était ? a-t-il demandé. Tu l'as fait ? »

On lisait sur son visage une attente enfantine qui me donnait envie de le frapper en pleine figure. J'étais furieuse contre cet homme aux mains proprettes qui ne savaient se saisir de rien sauf de classeurs et reposaient chaque nuit sur la couverture, inertes et inutiles.

« Je… je crois », ai-je commencé, puis j'ai perdu mon sang-froid. « Oui je l'ai fait. Et j'en ferai d'autres ! Il doit y avoir encore pas mal de choses à faire dans la vie d'une femme, tu ne penses pas ? »

En deux temps, trois mouvements, j'ai raflé les classeurs de la caisse et suis sortie avec eux. Le vent qui avait forci abattait la pluie sur la chaussée. Je n'ai pas lancé les classeurs en l'air, ne les ai pas balancés de toutes mes forces sur le trottoir. Je les ai laissés simplement tomber. J'ai vu les couleurs de l'écriture de Robert se diluer dans le gris sale des flaques. À travers la vitrine où ruisselait la pluie je l'ai vu, lui, et son visage horrifié.

Cette nuit-là, allongée à côté de lui dans le lit, je l'ai entendu pleurer dans l'obscurité. Il avait sans doute les deux mains sur la figure et sanglotait dans les paumes de ses mains. J'avais souvent souhaité le tenir en pleurs dans mes bras. Je me figurais qu'avec les larmes s'instaurerait entre nous une complicité qui irait au-delà des mots. Mais à présent je n'éprouvais que du dégoût. Ce n'était pas un homme couché là, dans mon lit, mais un petit garçon qui poissait nos taies d'oreillers lavées de frais.

Le jour où c'est arrivé, vers midi nous étions seuls au magasin. Les rayons de soleil chatoyaient sur la vitrine, éclairant les modèles couverts d'une fine couche de poussière. À part la plume de Robert qui crissait sur les feuilles d'un classeur neuf, le silence régnait. Assise sur un tabouret, je collais des étiquettes de prix sur les sandales. Ça sentait le cuir. Jamais je n'en avais perçu l'odeur si nettement. Tout en était imprégné. Même le silence sentait le cuir. Robert écrivait. Les mouvements de ses mains étaient paisibles et d'une régularité absolue ; ils étaient empreints d'un ennui et d'une monotonie qui imbibaient tout. Je bondis de mon tabouret.

« Viens, me suis-je écriée. On s'en va ! À un endroit où on peut donner libre cours à ses pensées.

— Et le magasin ? a demandé Robert derrière la caisse.

— Le magasin restera fermé aujourd'hui. »

Nous avons roulé un moment dans la campagne. La journée était chaude et ensoleillée, seule l'ombre d'un nuage courait parfois au-dessus des champs. J'avais ouvert la vitre et respirais le parfum de l'été. Au loin, le dôme de cuivre du centre de loisirs de Paulstadt brillait au soleil, et à mon brusque sentiment d'euphorie s'est soudain mêlée l'envie de voir des gens, d'entendre le son de leurs voix, une soif de rires et de musique.

Nous nous sommes arrêtés sur le parking, une immense étendue de béton clair éblouissant où stationnaient quelques voitures isolées. Quand je suis sortie dans la clarté du soleil, l'idée m'est venue que ma vie jusqu'ici n'avait été qu'un étrange malentendu, et je me suis sentie si libre et si joyeuse que j'aurais pu envoyer valser mes chaussures et danser sur le béton brûlant.

Robert ne voulait pas venir. Il préférait attendre dans la voiture. Une bouffée de colère m'a envahie, puis j'ai vu ses petites mains nerveuses sur ses genoux, et ma colère est retombée. J'ai pris son visage entre mes mains et l'ai embrassé sur le front. Ça faisait longtemps que je n'avais rien fait de semblable. Sa peau était humide et chaude, je l'ai embrassé comme on embrasse un enfant pour lui dire au revoir ou le consoler.

Quand je suis entrée dans le bâtiment, j'ai été surprise par l'air frais qui contrastait de manière irréelle avec la chaleur torride du parking. Tout était vaste et clair. Le sol de marbre et les murs étincelaient, le plafond de verre déversait des torrents de lumière. Une jeune vendeuse a tourné la tête vers moi derrière une vitrine. Elle m'a jeté un regard, j'ai continué à avancer, suis passée devant un restaurant avec de grands palmiers en pots, un glacier aux petites figurines de porcelaine sur les tables, une fontaine étincelante de toutes les couleurs, une piste de bowling, un bureau de loto et un hall de jeux plein de machines qui sonnaient, couinaient, vrombissaient.

Un homme m'a croisée. Il regardait en haut. Il s'est arrêté et a posé sa main en visière devant ses yeux. J'ai vu ses épaules se contracter. Puis il a laissé retomber ses mains et a reculé. Il marchait très lentement, le visage toujours levé au plafond. Je ne sais pas pourquoi je n'ai pas suivi son regard. Je crois que je m'imaginais en train d'enlacer cet homme, et je l'aurais peut-être fait, mais il s'est retourné brusquement et s'est mis à courir. Puis j'ai entendu ce bruit, un grincement rauque qui enflait rapidement. C'était comme si l'air s'était mis à vibrer, générant lui-même ce grincement qui imprégnait tout. J'ai senti un tremblement sous mes pieds. Puis j'ai vu le sol bouger. J'ai vu l'homme trébucher et tomber, une expression d'étonnement furieux sur le visage. Il avait trébuché parce que le sol s'était ouvert devant lui, il s'est étalé, a mis ses mains sur sa tête, et j'ai vu qu'elles étaient pleines de sang. J'ai entendu une femme crier. Puis sa voix a été avalée par le grincement de l'air et le gémissement du faux marbre qui éclatait comme la glace sur une surface gelée se mettant soudain à bouger. Du coin de l'œil j'ai vu quelqu'un passer, courbé en deux, se protégeant la tête de sa veste. J'aurais peut-être pu m'en sortir si j'avais couru derrière lui, mais pour je ne sais quelle raison j'étais incapable de bouger d'un pouce. Maintenant je voyais la femme. Elle gisait entre les décombres d'une dalle de pierre tombée du mur. Elle avait les genoux repliés sur la poitrine et son visage à elle aussi était tourné vers le haut. Sa bouche formait des mots que je ne comprenais pas. J'ai levé la tête. Et j'ai vu le dôme de verre exploser dans une déflagration sourde. C'était comme si, dans un bref instant de réelle beauté, le ciel éclatait pour laisser passer la lumière.

Mais n'est-ce pas étrange qu'à l'instant où j'ai levé les yeux dans la fine pluie scintillante d'éclats de verre qui me tailladerait le visage une seconde plus tard, j'aie eu une vision ? L'image très nette de mon mari, Robert, dehors sur le parking, dans la voiture, avec, sur ses genoux, ses mains qui ne feraient plus rien pour le restant de ses jours.

Robert Avenieu

La nuit, quand elle se glissait en bas, une fois de plus, pour prendre des poses devant la glace en singeant une de ces Françaises aguicheuses, je ne restais pas au lit, je m'asseyais devant la fenêtre ouverte, où je pouvais regarder la rue et respirer enfin. Tout était silencieux à part quelque crissement de pneus de temps à autre ; la silhouette des toits se détachait sur le ciel nocturne, ça sentait les murs vieux et humides, surtout au printemps après les premières pluies chaudes.

Ma mère m'avait souvent exhorté, enfant, à ne pas avoir de regrets. Ce qui est fait est fait, disait-elle. Les regrets ne faisaient que peser sur l'âme, ils étaient aussi absurdes qu'inutiles. Bien sûr elle avait raison, mais je n'étais pas comme elle. Je commençais généralement à regretter mes actes en les accomplissant. Et cela ne me facilitait pas précisément la vie.

Je vis Martha pour la première fois, place de la mairie. Elle se promenait avec deux amies en riant sans cesse. J'étais assis sur un banc, et elle tournait la tête vers la mairie chaque fois qu'elle passait devant moi, comme pour contempler la tour ou l'horloge ou je ne sais quoi dans cette direction. Je remarquai tout de suite son cou incroyablement long. Ce cou long et mince m'affolait. Ne sachant comment m'y prendre, je restai simplement sur mon banc, me sentant assez bête – et sans doute l'étais-je.

Je découvris où elle habitait et m'y postai, un jour, jusqu'à ce qu'elle sorte de chez elle. Elle passa d'abord devant moi sans me regarder. Puis elle se retourna et dit : « Tu te sens drôlement casse-cou, n'est-ce pas ?

— Non, dis-je. Pas du tout.

— Tu es du genre pressé, on dirait. »

Je fixais son cou.

« Sais pas.

— Eh oui, on ne sait jamais, dit-elle. N'empêche qu'on peut essayer, non ?

— Si, dis-je. Évidemment.

— Et qu'est-ce qu'on fait ?

— Aucune idée, dis-je. Le tour du pâté de maisons ?

— Toi alors, quel fonceur ! » dit-elle, et nous l'avons fait.

Nous nous sommes mariés très vite. Je lui ai fait ma demande ; pendant que je tentais de passer la bague à son doigt, elle me fixait tout le temps. Son regard semblait vouloir transpercer mes yeux, et j'eus un doute. La bague me tomba des mains et alla rouler sous le banc de la cuisine. Elle éclata de rire, et à cet instant même, je pressentis que tout ceci était peut-être le début d'un fabuleux malentendu.

Elle parlait sans cesse d'amour. Or pour moi l'amour n'était ni une bénédiction divine ni l'aboutissement d'on ne sait quels efforts, mais un mot entre beaucoup d'autres. Martha m'avait intéressé parce que j'étais seul et qu'il fallait bien avoir une petite amie. Je l'épousais parce que je voulais des enfants. J'étais jeune, mais c'est à peu près la seule chose que je désirais dans la vie.

Je m'étais mis en tête de fabriquer un berceau de mes mains. Avec une bascule et un rideau de soie. Je me voyais épier les vagissements d'un petit être minuscule dans l'obscurité de notre chambre à coucher. Martha dit que j'allais sûrement me scier les doigts. Elle pensait que nous étions comme deux branches qui divergent d'un même tronc. Mais c'est faux. Nous n'avions pas de racines communes. Je ne suis même pas certain que nous respirions le même air. Nous sommes restés l'un à côté de l'autre des années entre des étagères pleines de chaussures qui ne me concernaient en rien, avons dormi dans le même lit, mangé à la même table et regardé par l'éternelle même fenêtre l'éternelle même route de raccordement à la nationale. Nous avons passé la moitié d'une vie dans la même pièce sans nous toucher vraiment.

« Je voudrais un enfant, dis-je à Martha. L'être humain doit se prolonger au-delà de lui-même.

— Il faut que je voie, dit-elle. Ceci demande réflexion. Et de toute manière nous avons le temps, n'est-ce pas ? »

Elle disait toujours ce genre de choses. Des mots destinés à combler le vide entre nous, et qui n'avaient aucune signification.

Puis elle tomba enceinte. Ce fut comme un miracle que nous ne nous expliquions pas réellement.

Vous devriez vous asseoir, dit l'infirmière, ça peut encore durer un bout de temps. Je hoche la tête et vais à la fenêtre. Sous un arbre un homme fourrage dans un tas de feuilles avec un bâton. Un petit garçon passe devant lui en courant, il rit. L'homme s'interrompt et reste planté là un instant, le bâton dans une main, l'autre fourrée dans la poche de son pantalon. Les branches au-dessus de lui remuent dans le vent. Soudain tout va très vite. Elle pousse un cri. Sa voix rend un drôle de son. Elle rejette la tête en arrière et vrille ses doigts dans le matelas. La sage-femme s'affaire à deux mains. Ses épaules se soulèvent et s'abaissent. Vite maintenant, dit-elle, et l'infirmière se rue hors de la chambre. C'est bien, dit la sage-femme, très bien, continue. Mon Dieu, gémit-elle, mon Dieu, mon Dieu, mon Dieu. J'effleure ses draps. Je peux peut-être, j'ânonne sans bien savoir quoi. Elle recommence à gémir, une plainte étirée, qui enfle, puis décroît. Ma main sur le drap est comme un bout de bois. L'infirmière revient. Un médecin l'accompagne. Sans dire mot il enfile des gants avec l'aide de l'infirmière et se dirige vers le lit. Soudain il fait très chaud dans la pièce. Le médecin et la sage-femme s'affairent en silence, côte à côte. La sage-femme caresse du pouce la joue de Martha et lui chuchote quelque chose à l'oreille. Elle touche le visage de ma femme comme si c'était tout naturel, et ça l'est probablement. Ça peut devenir un peu éprouvant maintenant, dit le médecin, vous n'êtes pas obligé de rester. Je cherche le regard de Martha. Elle ferme les yeux. Vite, dit le médecin en retroussant ses manches. L'infirmière me prend par l'épaule et me pousse dehors. Ce n'est pas un endroit pour les hommes, sauf pour les médecins, dit-elle en riant. Elle s'éclipse. Dans la salle d'attente il y a un couple qui se tient par la main, ils me jettent un coup d'œil. Je vais me passer de l'eau sur la figure aux toilettes. Je me vois dans la glace et j'ai honte. J'ai du mal à croire que c'est moi, je quitte les toilettes. Le couple a disparu. Je m'assieds, épie les bruits et les cris qui viennent de la chambre, j'attends. Puis c'est le silence. Longtemps il ne se passe rien. Enfin la porte s'ouvre, la sage-femme apparaît. Je suis désolée, dit-elle. Mais je savais déjà. L'instant d'après, elle pose sa main sur mon bras : Vous voulez le voir ? Oui, dis je. Il repose sur un oreiller vert tilleul. Les bras écartés. Son visage est minuscule. Une trace jaune colle à sa tempe. Ses yeux sont cachés dans des plis profonds. Je soulève brièvement l'oreiller. Il est beaucoup plus léger que je ne pensais. Je regarde Martha. Une mince mèche de cheveux colle à sa joue et une tache de soleil tremblote sur son front. Elle tourne la tête et fixe la fenêtre.

Je ne lui ai pas fait de reproches. Je ne l'ai pas importunée. Je ne me suis pas apitoyé sur elle. De toute manière elle semblait avoir vite oublié l'affaire. « Les rêves d'hier se dissipent, dit-elle une fois, mais chaque nuit apporte un rêve nouveau, n'est-ce pas merveilleux ? » En l'entendant dire ça je compris que je la détestais. Je détestais tout en elle : sa voix, son visage, son sourire, et ce que je détestais par-dessus tout c'était son cou, cette longue et mince caricature de cou. Je lui caressai les cheveux et dis : « Oui, c'est merveilleux, chérie. »

Elle a toujours pensé que je n'entendais rien à la beauté. Mais c'est faux. Je n'entendais rien à ce qu'elle entendait elle par beauté. Je ne connaissais rien à la poésie, mais, quand elle me fit lire un de ses poèmes, je sus immédiatement qu'il ne valait rien. Il s'agissait d'une femme en voyage, une créature effarouchée qui se trouve dans un train en robe à paillettes et souliers blancs, et se sent exposée aux regards d'on ne sait quels messieurs inconnus. Il n'y avait pas de rythme, pas d'esprit, pas de mélodie, juste quelques images ampoulées, tirées par les cheveux. Une robe à paillettes dans un compartiment de chemin de fer !

Les nuits où Martha déambulait en bas devant la glace, assis à la fenêtre je me représentais ce qu'aurait été ma vie sans elle. Je tentais de m'imaginer quelque part, le plus loin possible, dans un lieu sans visages las d'automobilistes revenant du travail, sans poussière d'étagères ni odeur de cuir, sans les questions stupides des clientes, et sans les rêves de cette femme qui n'étaient pas les miens. Assis à la fenêtre je contemplais la nuit, jusqu'à ce que ses pas retentissent dans l'escalier et que je me glisse dans le lit en feignant le sommeil.

« Viens, s'est-elle écriée ce jour-là. On s'en va ! » Et elle a bondi de son tabouret comme si une mouche l'avait piquée. Sa tête était rouge d'excitation tant son idée la ravissait. Je n'avais rien contre. Cela faisait déjà longtemps à l'époque que le magasin ne marchait plus. Pour être bref : il n'y avait plus un chat.

Nous sommes allés au nouveau centre de loisirs, dont la coupole de verre brillante s'élevait au-dessus des champs dans le lointain. « J'ai un tel désir en moi, a-t-elle crié. Je veux avoir des gens autour de moi ! Je veux sentir leur chaleur, entendre leurs rires ! » Elle criait ce genre de choses sur le parking où une poignée de voitures chauffaient sous un soleil torride.

J'ai dit : « Vas-y toute seule. Je n'ai pas envie.

— Tu viens avec moi, bien sûr, a-t-elle dit.

— Non. »

Une lueur méchante a brillé dans ses yeux. Une seconde j'ai cru qu'elle allait me gifler.

« Mais tu es mon mari, non ? a-t-elle demandé.

— Oui », ai-je répondu.

Elle a hoché la tête, fait un pas dehors, puis s'est ravisée immédiatement, et je me suis dit : Maintenant elle va le faire. Mais il s'est produit quelque chose d'inattendu. Elle a pris mon visage dans ses mains et embrassé mon front. Ses lèvres étaient froides et sèches. Je me suis senti idiot. Elle s'est éloignée, puis s'est arrêtée encore une fois. Elle est restée un instant dans la clarté du soleil, les bras légèrement arrondis, comme si elle parlait à un être invisible ou qu'elle était redevenue une petite fille et allait se mettre à danser. Puis elle a disparu dans l'ombre de l'entrée.

La chaleur pénétrait dans la voiture par la vitre ouverte. Je me suis assis au volant, j'ai lancé le moteur et suis sorti lentement du parking. Sur la nationale j'ai accéléré. L'air de la vitesse était agréable. Il balayait les papiers épars d'un classeur que j'avais oublié sur le siège arrière et les feuilles tournoyaient au fond de la voiture. J'ai allumé la radio. Je ne connaissais pas la musique, mais elle était bonne. Dans le rétroviseur j'ai vu le dôme de verre disparaître derrière la ligne des collines. Je ne pensais plus à elle. Je pensais peut-être à la route qui s'étendait devant moi dans la campagne, ou au volant qui vibrait et collait un peu aux mains. Mais au fond je ne pensais plus à rien.

Sophie Breyer

Des idiots.

Heribert Kraus

Le matin. La route est mouillée. Les arbres s'égouttent, au-dessous d'eux ça sent déjà l'automne. Une lumière comme si quelqu'un en avait arrosé les toits. Elle éclabousse les cheminées, les gouttières, les murs – de l'or liquide. Les roucoulements et les battements d'ailes des pigeons rendent un drôle de son. Trop tôt pour avoir les pensées claires. Ne pense pas, pédale, la tournée est longue ! Et les jambes encore raides. L'air est froid. Le vélo lourd, en acier, faut qu'il tienne le coup. Les sacoches pleines. Et partout des pavés. Vieille ville. Vieilles maisons. Vieilles rues. Agréables à l'œil, dures aux facteurs. Pédale, bientôt ça ira mieux. C'est le début qui est rude. Le début et la fin.

De la Leinestrasse à la Thomasstrasse on avance dans la journée. Les fenêtres éblouissent. Le ciel est si clair que ça fait mal aux yeux. Traverser la Kernerplatz, passer devant le vieil arbre. Un tronc creux assez large pour cacher trois enfants. Des tulipes. De l'herbe. Un terrier. Un renard peut-être. Sans doute plus rien à glaner là-bas dans les champs. Le jardin d'enfants. Sur le mur des animaux mal dessinés. Girafe. Éléphant. Tigre. L'hippopotame louche, la rosée scintille sur les barres de la balançoire. Dans l'herbe un bonnet, telle une fleur jaune.

Karolinenstrasse. Kornweg. Brückenstrasse. La tournée commence au numéro trois. Pas de un ni de deux. Allez savoir pourquoi.

Et comment va la petite ? demande madame Haller à la clôture. Visage tout plissé, mais toujours aimable. Tire sur son peignoir. Toujours le même, immuable. Au fil des ans on le voit se délaver, passer du rouge vif au saumon très pâle. Et que disent les médecins ? Oh, ce n'est vraiment pas de chance. Mais que faire. Les miens sont partis depuis longtemps. Ça naît, ça vous quitte, ça s'éloigne, c'est la vie. Mais la vôtre est encore si petite ! Ça fait mal au cœur. Ah, vous repartez déjà ? Bien sûr. Bonne journée. À demain ! À demain !

La Brückenstrasse c'est l'une des mieux. Rien que des gens âgés, peu de courrier. L'air est déjà chaud maintenant. La rue s'étire au soleil, goudronnée de frais et déjà toute crevassée. Des fissures noires. Des trous. Des rigoles. La ville n'a pas d'argent. Personne n'a d'argent, n'empêche que ça sent le café. Le pain, la charcuterie, le miel, le cacao. Le lard frit et les œufs au plat. Les toilettes et la mousse de savon. Par les vitres ouvertes où s'aère le linge de lit, les maisons exhalent les restes de la nuit. Les rêves secoués jonchent l'herbe sous les fenêtres. De qui est-ce ? De toi ? Pas croyable. Et, tout là-bas derrière, madame Haller agite encore la main, pâle tache rose à la clôture du jardin.

Fuir les conversations – à tout prix. La solitude des autres n'est pas ta solitude. Dixit Walther. Quarante-sept ans de services postaux et un seul arrêt de maladie. Colique néphrétique. Deux jours de lit, bouillotte, camomille, et puis ouste. Plus tard il a initié les jeunes à la tournée. Et organisé son extension à deux autres secteurs, puis à quatre. Quatre secteurs, quatre préposés, un remplaçant. Si tu as un problème, tu demandes à Walther. Il sait tout. S'il ne sait pas, c'est que ce n'est pas un problème. Mais, un beau jour, le cœur. Il s'est écroulé en regagnant la poste, juste devant le Dürrstrasse 7, la maison aux prospectus de voyages.

Leberstrasse. Greinerplatz. La Lune d'Or se tapit dans son ombre, comme si elle avalait tout rond la lumière du soleil. Devant, sur le trottoir, un verre de vin à moitié vide, avec un mégot. Dedans, ils sont encore trois ou quatre. Et à l'arrière habite le patron, qui n'arrive pas à arrêter.

À la Greinerplatz prendre la Halbgasse. Gleimstrasse. Wernerstrasse. Des maisons neuves greffées sur de vieilles fondations comme autant de plombages. Des fenêtres aveugles au numéro sept. Jamais une âme en vue et pourtant toujours des lettres, de petites enveloppes écrites à l'encre bleu pâle. Devant, le grand trou du chantier ; dedans, depuis des années, une grue, affaissée, rongée de rouille, la pelle tendue vers le ciel. Pas une grue ne lève sa pelle après les heures de travail. Sauf celle-ci. Devant le numéro neuf, le cerisier et, assis à l'ombre du cerisier, presque invisible : monsieur Rudolf. Les mains tavelées sur les genoux, les yeux rouges et gonflés. On est bien ici dehors. Le bon air, ce n'est pas ce qui nous manque. L'arbre est un vieil estropié, mais il donne toujours de ces cerises ! Presque noires, et quasiment pas de vers. Servez-vous. Le panier est là-bas. Faut les finir, avant les bestioles. Ce qui pousse, on ne peut pas vraiment le posséder, n'est-ce pas ?

Et toujours des enfants. Ils sont à l'intérieur. S'ébahissent derrière les rideaux. Ils rampent dans l'herbe. Se redressent, se hissent, glissent, tombent, crient, pleurent, rient, et recommencent, indéfiniment. Eux le peuvent. Sont en bonne santé, connaissent pas leur bonheur. Parfois dans un landau, un minuscule visage rouge brique. Un pied si petit qu'on n'en croit pas ses yeux. Et les grands. Qui traînent et qui fument. Un souvenir revient : tu fumais là toi aussi. Sur le mur. Derrière la haie. Ou sur le banc de l'abribus. L'enfance est le lieu des premières fois. Avance. Il fait chaud maintenant. Très chaud même. Mais pas déplaisant. Le vent dans la figure. Il vient de loin et apporte des champs une odeur de paille brûlée. Un autre souvenir. Chasse-le. Ma petite. N'y pense pas. Ma petite. Continue. Après le Mollardweg, la Grünstrasse, sept enveloppes, pas de prospectus, on passe l'angle et enfin : la Marktstrasse. L'artère qui pulse et draine la vie de la ville, dit la plaquette qu'on distribue à la mairie. La vitrine de la ville. Ou son cœur. Sa fierté en tout cas. Pourtant ce n'est qu'une rue, quatre cents mètres de longueur tout au plus. Les poids lourds doivent grimper sur les trottoirs pour s'y croiser. Mais c'est vrai : toujours animée. Là-bas, Yilmaz, le tailleur, sort de son trou en bâillant et en s'étirant, puis il avance en titubant, aveuglé par le soleil, si maigre qu'on voit presque au travers. Coupe costumes et pantalons et fait du thé turc. Un thé fort comme un Turc, dit-il en riant, à ressusciter les morts ! Yilmaz va tituber jusqu'au Lehmkuhl. La plus vieille maison du lieu. Tables en terrasse, plat du jour à quatre cinquante, boisson comprise. Yilmaz ferait bien de se méfier de la voiture, ou du vélo qui la suit. Le cycliste est un prof. Typique. Et la sonnette c'est fait pour qui ? Un distrait probablement. Mathématiques probablement. La cervelle pleine de chiffres, et ça rentre à la maison dès le midi. D'un autre côté, mieux vaut un vélo qu'un tramway. Devait y en avoir un ici aussi. Tombé à l'eau. Une chance en l'occurrence. Que ferait-on d'un tramway, je vous le demande ? Dans une ville qu'on traverse du nord au sud en vingt-cinq minutes et d'est en ouest en même pas vingt. Aux Bons Gâteaux, plus une table. Bourré de vieilles dames. Excellente pâtisserie, mais pas diététique évidemment. Comme tout ce qui est bon. Question santé la vie est une unique prise de risque, du début à la fin. Ces dames s'en fichent. Elles trônent devant leurs parts de tarte, toutes pomponnées, Dieu seul sait pour qui et pourquoi. La plupart des hommes gisent depuis longtemps là-bas dans le Champ. À peine s'il en reste un. C'est le souvenir d'elles-mêmes que ces dames honorent maintenant. Chemisiers, petites vestes, écharpes de soie. Sacs à main grands comme des valises. Visages plâtrés de fards, cheveux blancs, bleus, violets, ouatés par la mise en plis, relevés, noués, épinglés, surmontés d'un chapeau, un foulard ou un bonnet. De l'autre côté de la rue, Buxter ferme sa boucherie. Tablier sanguinolent, mains de même, visage las. Un gars fort comme un bœuf, mais les épaules bien moins robustes qu'avant. Ferme à cette heure, carrément. Pas besoin de travailler peut-être. Ou plus de viande. Ou plus de clients. Des bruits courent. Un monsieur sort du Bouc Noir. Attaché-case, costume, chapeau, par cette chaleur. Met le cap sur la boulangerie Stranzl. Un café et un sandwich en vitesse, jambon-beurre-cornichons, l'œuf tranché si fin que le cornichon se devine au-dessous. Vert translucide. Autrefois impensable : de la charcuterie chez le boulanger. Mais le monsieur au chapeau apprécie. Pas eu de petit déjeuner au Bouc Noir, ou l'a refusé, pour régler une dernière affaire sur le sofa effrangé de l'entrée ou regarder la télé dans la chambre, et maintenant vite, en route, en voiture ou en bus, le sandwich sur les genoux et des miettes d'œuf partout. Grand vacarme de scies et de marteaux à la ferronnerie Tessler. Les voisins peuvent toujours protester. Les plaintes ont autant d'effet que les questions au maire. Parce que le vieux Tessler siège au conseil municipal, avec sa fille. Sans discontinuer ces rugissements, ces martèlements – des tôles, paraît-il. Mais pour quoi faire, toutes ces tôles ? En face, au bar à vins Wittmann on ne l'entend peut-être pas. Bons vins. D'Espagne. Le soleil brille dans les verres même l'hiver, dit madame Wittmann. Elle, en revanche, ne l'a pas vu souvent, le soleil. Plutôt pâlichonne ! A demandé x fois la licence pour la vente en terrasse. La mairie ne veut rien savoir, café et bière oui, vin non. Salam aleikum ! C'est bien comme ça qu'on dit ? Le marchand de primeurs. Un bon concitoyen celui-là. On ne peut pas dire le contraire. Salue tout un chacun et donne des pourboires au facteur. Et toujours frais, ses légumes, des bijoux de légumes ! Ça bouge au commissariat. Il y en a un qui sort. Jette un œil alentour. Les mains sur les hanches. Jadis grand bagarreur, aujourd'hui flic. Direction le tabac de Sophie Breyer, *Le Courrier de Paulstadt* et des chewing-gums pour les gosses. Le tout sans rien débourser. Madame Breyer se contente de rire. Et retour au poste, où on se tourne les pouces. Çà et là une petite rixe. Exceptionnellement, un resquilleur. Un jour un soupçon d'assassinat, tout compte fait juste un homicide. N'empêche : l'autre jour une boîte à lettres a brûlé. Le clapet arraché. Le mur noir de suie jusqu'au plafond. Sinon, rien à signaler. La paix à Paulstadt. Un beau jour, pour l'éternité. Récemment encore. La vieille madame Kern, Hermstrasse 5, porte bleue, courrier du petit-fils uniquement. Partie, le menton sur la poitrine, l'assiette de concombres au sel sur les genoux. Ou cet enfant dans le marais. Là, tu ne peux rien faire. On meurt déjà un peu la première fois qu'on pense à la mort. Écoute, plus de bruit ! C'est la pause chez Tessler. Ils attaquent leurs sandwiches, et les tôles refroidissent. Les hirondelles tournoient déjà au-dessus de la mairie. Mais pourquoi le magasin de fleurs est-il fermé à cette heure ? Même pas une pancarte. Aujourd'hui pas de fleurs. Bon, glisser les prospectus sous la porte. Sur les doigts un courant d'air frais qui vient de l'intérieur. Gregorina. Un nom qui est déjà une promesse. On tente de s'imaginer la fleuriste. Sa silhouette. Ses cheveux. Son visage. Ce sont les visages qui restent à ce qu'on dit. Mais c'est faux. Aucun ne reste. Même pas le nôtre. Justement pas le nôtre.

Dans la Weingasse le calme revient. La ruelle est si étroite que le soleil pénètre à peine. Maintenant la fatigue se fait sentir. Respirer à fond. S'asseoir. Sur l'escalier devant le numéro neuf. La bouteille thermos dans la sacoche, en hiver du thé, en été un jus. En toute saison des biscuits. Là-bas devant, le premier pigeon s'approche déjà en trottinant. La pierre est fraîche, ça sent la poussière de cave et l'ancien temps. N'y pense pas. Ne pense pas à la maison. À la chambre là-haut. Les rideaux, le lit, les couvertures, les oreillers. Le petit visage qui semble rapetisser de jour en jour. Tout blanc, encore plus blanc que les oreillers, le linge et les draps propres empilés à côté. La petite main. Si légère qu'on dirait du papier. Debout, maintenant ! Un biscuit pour le pigeon et c'est reparti. Plus que quatre rues. Mais la fin s'étire en longueur. Les genoux vous élancent, et un truc s'est coincé dans l'épaule. Ça passera, dit le médecin, mais il n'y connaît rien. Les médecins ne savent rien. Ou peut-être qu'ils savent tout et ne font que consoler, ce qui serait encore pire. Quatre rues. Trois. Deux. Tu pédales et pédales après ton ombre fatiguée. Peu importe. Ce qui importe c'est de rapporter quelque chose. Tous les jours quelque chose. Une bagatelle. Un papier. Un caillou. Un chocolat. Poser l'engin sur le porte-vélos sous le pommier de la Weichselstrasse, se hisser, un peu plus haut, encore un peu, elle pend là. Parfaite, grosse, rouge avec une pointe de vert. Il faut qu'elle soit bien lisse. Intacte. Allez, les dernières maisons. Les dernières lettres. Là-bas devant, la fin. Numéro trente-quatre. La maison noire en bois avec de la mousse dans les fissures et un bassin en plastique. Quatre grenouilles aux couronnes jaunies, mais plus d'eau depuis des années. La dernière lettre. À travers la haie clignote la lumière du soleil. On est dans les temps. Et ça descend jusqu'à la maison.

Heide Friedland

Si je me souviens bien, il y en a eu soixante-sept. Mais un de plus, un de moins, peu importe. L'homme aux balais ne compte pas. Il se trimbalait toujours avec deux balais. À La Lune d'Or il les déposait au comptoir et, quand il avait quelques verres dans le nez, ce qui était assez fréquent, il se mettait à leur parler. Il les appelait Charlie et Taff et, parfois, leur caressait les poils. Lui ne compte pas.

Le dernier était un retraité de la police fédérale de passage à Paulstadt pour régler les affaires de sa sœur défunte. L'après-midi, il s'installait au Lehmkuhl et commandait des sandwiches. Il avait une moustache blanche où les miettes se prenaient. Notre histoire d'amour a duré à peine une semaine, le temps de régler les trucs de la sœur. Après son départ, nous avons échangé quelques lettres. La dernière que je reçus était de sa fille : *Je voulais vous informer que notre père regretté… Il aurait certainement voulu… Vous étiez tout de même…* etc. Après quoi il n'en vint plus.

Vingt ans plus tôt j'avais déjà eu un moustachu – il était descendu quelques jours au Bouc Noir et devait continuer vers l'outre-mer. Du moins à ce qu'il prétendait. Chaque matin il passait une demi-heure devant la glace à lisser et à titiller sa barbe. Sa moustache était impressionnante, elle montait et descendait quand il parlait. On aurait dit qu'un être vivant était tapi sous son nez. Mais j'aurais vraiment bien aimé le revoir. Il avait de belles jambes.

Puis il y a eu ce professeur de dessin qui s'est mis à dérailler pendant un cours, s'est tracé un trait de gouache au beau milieu du front et a fini par se défenestrer. La salle de classe était au premier étage, il s'est brisé les deux jambes, mais apparemment sa tête en avait pris un coup aussi, et il a quitté Paulstadt en monarque vociférant dans son carrosse blanc.

Et ce Lennard qui était romantique. Il répandait des pétales de roses sur le lit, me disait de belles choses sur mes yeux, mon front, etc. Il était chauve et chaque jour se rasait méticuleusement le crâne, avant de l'enduire de crème parfumée et de le frotter avec une petite éponge jusqu'à ce qu'il reluise comme un ballon rose.

Avec Hermann on allait dans les champs. Il disait qu'il aimait entendre le bruissement du maïs, mais je crois qu'en fin de compte il s'agissait d'autre chose. Quand on regagnait la ville, il fredonnait toujours le même air. Je n'ai jamais réussi à savoir lequel. Je le lui ai demandé plusieurs fois, mais il me dit qu'il ne le savait pas lui-même.

Roland, je l'ai rencontré en hiver. Il a failli me renverser dans la rue. Sur quoi il est resté planté devant moi en fixant le sol. Des flocons de neige s'étaient pris dans ses sourcils. Je me demande s'il m'a regardée une seule fois dans les yeux. En tout cas je ne me souviens pas de leur couleur. Pour être franche je n'ai gardé aucun souvenir de lui à part son nom et ces gros flocons tremblants au-dessus de ses yeux. Je crois que je les lui ai essuyés du bout des doigts et que ce geste a scellé son sort.

Mais, la plupart, je les ai eus l'été. J'aimais humer leur odeur quand ils transpiraient. Certaines chaudes soirées d'été tout vous semblait très simple. On ouvrait les fenêtres en grand et on le faisait au milieu des bruits de la ville.

Je n'aime pas les pieds froids. Henri les avait glacés. Il se donnait du mal, plus que la moyenne des autres, mais rien ne pouvait compenser le froid polaire de ses pieds. Le contact de ses orteils, c'était le souffle de la bise sur l'Arctique qui te cueille à l'improviste et fige instantanément ton corps, le lit, la chambre, le bouleau, les oiseaux et les nuages devant ta fenêtre en un bloc de glace friable et grelottant.

Hans, il était trop vieux pour moi. Du moins pour avoir envie de le revoir. Il me rappelait quelqu'un, je ne sais pas qui, mais ce n'était pas mon père, je le jure. Assis au bord du lit, avec ses jambes maigres et les ongles de ses orteils jaunis tout fissurés, il me faisait un peu de peine. Et il avait de longs poils blancs sur le dos. Il m'a demandé trois fois si ses poils blancs me gênaient, et à la troisième j'ai répondu oui.

Le plus beau, c'était Frederik. Il était beau à tomber, je n'en revenais pas la première fois que je l'ai vu. Il avait de grands yeux veloutés, mais, quand il vous regardait, on aurait dit qu'il fixait un miroir. Je ne l'ai pas vu rire une seule fois. Son cœur était empoisonné, et plus tard aussi son foie. Mais je ne crois pas que ce soit l'alcool qui l'ait détruit. C'est son propre poison qui l'a perdu.

Avec Ralph, ça a duré près de deux ans. Ce n'était pas un homme, un vrai, enfin pas ce qu'on entend par là en général. C'est ce qui me plaisait. Bizarrement, son manque de virilité me donnait une forme d'assurance. Pourtant il était avocat. À vrai dire, c'était l'avocat le plus redouté de la ville. Quand il était couché à côté de moi à la maison, il cachait sa petite figure de fouine dans mes bras, il avait honte. Il disait qu'il avait honte de tout ce qu'il faisait, de ce qu'il était, d'exister tout bonnement. Il y a très longtemps de cela la brume insidieuse de la honte avait infiltré son être et, depuis lors, elle délitait lentement et sûrement son cœur. C'est ce qu'il racontait. Mais dehors il était différent. Il vous envoyait des paquets de gens devant le juge, qu'ils l'aient mérité ou non. Dans la salle d'audience ils étaient des marionnettes dont il tirait les fils, et lui, un petit sourire aux lèvres, se redressait jusqu'au plafond.

Sigmund aurait voulu être peintre. Il utilisait des quantités astronomiques de couleurs, mais ne vendait pas un seul tableau. Il m'a offert une fois une aquarelle où l'on ne distinguait rien. Elle est restée longtemps dans mon entrée contre le portemanteau, puis elle a disparu un beau jour.

Klaus sentait du bec. Je crois qu'il avait des problèmes d'estomac. Le soir il me lisait parfois des passages d'un de ses livres. Quand il était dans le fauteuil près de la cheminée et que je restais à la table, c'était supportable.

Hilmar, je voulais me fiancer avec lui. Sérieusement. Mais il a refusé d'acheter des bagues et je l'ai mis dehors. Il s'est entiché d'une de ces serveuses des Bons Gâteaux attifées comme des duchesses, qu'il a épousée trois semaines après. On les vit des années trottiner de conserve en ville comme deux oiseaux tristes. Je crois qu'il est mort avant elle.

Kurt était un rêveur. Il avait des muscles de taureau et les ongles toujours sales. Mais le ciel semblait se mirer dans ses yeux, sans doute même lorsqu'il était fourré sous une de ses autos (ce qui était le cas le plus souvent).

Paul n'était pas mal non plus. Quand il était saoul, il disait qu'il avait asséché le marais et sauvé la ville par la même occasion. Je lui ai offert une photo. Elle me montrait, enfant, en noir et blanc, avec des tresses, l'air sérieux.

Le premier avait dix-sept ans, deux de plus que moi. Tout chez lui sentait l'encre. Il écrivait des poèmes sans rimes – ni raison d'ailleurs. Des sculptures de mots, disait-il. Plus tard il est entré à la mairie. Il s'y occupait du chauffage, on le voyait parfois dans la loge du concierge.

Lennie, Hagen, Wilfried, Werner I, Werner II, Helmut, Tom, Rudolph, Christian I, Christian II, Christian III, le jardinier, le docteur, le petit, le type au sac, l'empâté, l'homme que personne n'a vu. C'était étonnant, l'un était à peine parti que le suivant se présentait. Et pourtant je n'avais rien de sensationnel. Je n'étais même pas très jolie. Mais au fond les hommes se fichent de l'apparence des femmes. Ce qu'ils veulent c'est se sentir bien eux, voilà tout.

Il y en a un qui m'a sauvée. J'ai oublié son nom. J'ai beau me creuser le crâne, pas moyen de me rappeler son nom. Il m'a sauvée parce qu'il est parti.

Jonathan était pieux. Au début il parlait sans cesse de Dieu, puis je lui ai dit ce que j'en pensais et il m'a fichu la paix avec ça. Secrètement je l'enviais. Il allait à l'église, et quand il en revenait, sa figure paraissait baigner encore dans la lumière du vitrail. Quand le curé eut tout fait flamber, Jonathan est resté trois jours dans mon lit sans broncher. Après quoi il s'est levé, et ce fut la fin de notre relation.

Oswald avait de longs bras forts, dont il ne savait pas se servir. Ils pendouillaient le long de ses flancs comme si on les lui avait cousus aux épaules. Or les bras sont importants. Ils n'ont pas absolument besoin d'être forts, mais il faut qu'ils sachent te tenir. Tu peux être couchée dans les bras d'un homme et te sentir tout à fait abandonnée. Lui te tient fermement, il est aux anges, car il brûle intérieurement comme dans un poêle. Mais rien de cette chaleur ne perce à l'extérieur, et tout se rétracte et se ratatine en toi qui n'es bientôt plus qu'une bille dure et froide au creux de ses bras. Puis il en vient un autre qui t'entoure de son bras, et cet enveloppement est comme un souvenir. Chaud comme un jour d'été dans les prés. La plupart des bras d'hommes vous laissent froide. Mais il y en a quelques-uns dans lesquels on voudrait habiter.

Il y en a eu un qui sentait le bois brûlé. Et un qui s'est tordu le genou en me faisant sa demande. Et un qui sifflait toujours *La Paloma.*

Et un gros qui peinait dans l'escalier et ne reprenait son souffle qu'après s'être écroulé une éternité sur le tapis. Et Edward. Et Hannes. Et quatre fois Martin. Et Heiner. Et le père de Heiner. Et Gerhard. Et Burkhart. Et Fritz. Et l'homme avec le chien à trois pattes. Ces deux-là se haïssaient. Je crois que le type avait estropié le chien quand celui-ci était encore un chiot. Plus tard le chien lui a déchiré l'avant-bras. Il paraît qu'ils sont enterrés côte à côte dans la même tombe. Il y a eu pas mal de cinglés dans ma vie, quelque part je devais les attirer. Ma mère m'a dit un jour : dans tous les champs il y en a qui sont un peu tordues – mais les raves ont toutes le même goût.

Tu n'étais pas cinglé. Tu n'étais même pas un peu fêlé. Tu n'étais ni beau ni passionnant ni remarquable en quoi que ce soit. Tu étais *normal*. Je n'ai jamais compris comment tu avais pu m'arriver. Tu m'as dit, viens, je te paie une glace. On n'était même pas tout à fait au printemps. Puis nous sommes allés chez toi. Rien de torride, et il y avait dix chemises bleu ciel dans ton armoire. Je ne sais pas pourquoi nous nous sommes revus ni à partir de quand exactement tout a changé. Quand l'as-tu dit pour la première fois ? Quand l'ai-je entendu pour la première fois ? Quand ai-je commencé à déployer toute mon énergie pour t'émouvoir ? Bon, c'était peut-être juste la solitude. Ou c'étaient peut-être tes bras. Je ne sais pas très bien. Si tu le sais, garde-le pour toi. Promets-moi que tu le garderas pour toi !

Franz Straubein

Une maison. Quatre étages. Quarante-huit marches. Un paillasson : *Bienvenue à la maison.* Une table trouée de nœuds d'arbres. Deux téléviseurs (dont un noir et blanc). Un tableau avec la mer, des nuages et un bateau de pêche. Un autre avec des fleurs des champs. Vingt-deux classeurs. Une caisse contenant trois cents photos (environ). Neuf fenêtres, pas de rideaux. Trois antennes. Un squelette d'oiseau. Une seule fenêtre avec vue. Six degrés au-dessous de zéro et le chauffage encore en panne. Une tasse bleu pâle. Quatre minuscules fêlures. Une quantité d'éclats. Deux cent cinquante mètres carrés de jardin. Quatre-vingts mètres carrés de béton. Trois voitures. Six assurances. Pas de versements. Douze fois l'hôpital. Dix-sept proches. Trois femmes. Un amour. Un fils qui ne me connaît pas. Soixante-huit ans et trois mois. Une inscription dans les registres de la ville. Un nom. Deux…

KARL JONAS

« Il va y avoir de la pluie. » Tout le monde lève la tête et voit s'approcher le gros nuage noir. Son ombre s'étend sur le visage du père, la maison et le plat pays derrière elle. Je crois que le paysage continue ainsi à l'infini et que tout nous appartient. J'ai cinq ou six ans. Nous poursuivons notre tâche en silence. Le père conduit l'attelage avec la bêche tournante, les vieux arrachent les pommes de terre à la fourche et au râteau. Avec les femmes, nous les petits les entassons dans les paniers. Nous suons. Surtout les chevaux. Un air chaud et lourd pèse sur les champs. Puis il commence à pleuvoir. Nous courons à la maison, je ris à la main de ma mère parce que de grosses gouttes chaudes claquent sur mon front. Quand je me retourne, mon père est toujours dans le champ. Il tient la bride dans ses poings. Sa figure est levée vers le ciel, la pluie coule sur ses joues.

Plus tard à table, il est furieux. Il maudit la pluie. Et il maudit la terre. Il dit qu'elle ne vaut rien. Le sol engloutit l'eau et la recrache quand ça lui chante. C'est un sol sans consistance, une éponge de sable semée de trous marécageux où ne croissent que les œufs des mouches. Il tape du poing sur la table. Puis il se tait, et nous nous taisons tous, dehors dans l'obscurité la pluie crépite au-dessus des champs.

Nous étions quatre familles. C'est nous qui avons fait ce pays. Nous l'avons consolidé et irrigué. Nous avons creusé des canaux et, plus tard, posé des canalisations. La ville est construite sur notre terre. Notre nom est plus ancien qu'aucune de ses maisons. Il est plus ancien qu'aucun de ses pavés. À chaque printemps, quand l'eau remonte du sol et inonde les caves, elle expulse aussi quelques vieux os hors du sol. Ma mère disait que, sous la ville, il y a plus d'os que de pierres.

Certains étés il n'y a plus trace d'eau. Elle semble avoir disparu à jamais dans le sol, le vent souffle la poussière sur les champs ; nos visages, le dos des bêtes et la tôle des machines en sont couverts. De temps à autre les petits se regardent en riant. Ils se tracent mutuellement des traits sur leurs figures empoussiérées et rient à s'en tenir les côtes.

Puis l'eau réapparaît. En quelques heures, l'éponge gorgée d'eau sous nos pieds se tasse. Les nuages disparaissent, mais la boue reste. On patauge alors dans la gadoue, les bottes alourdies par la glaise, le bourdonnement noir des mouches dans la nuque. Et la terre colle aussi aux patates.

Elles sont deux fois plus lourdes que d'habitude et ne se vendront même pas moitié prix.

La terre ne vaut rien, mais c'est tout ce que nous avons.

Les parents ont vieilli, puis ils sont morts, et les uns après les autres sont partis. Quand le dernier de mes frères est parti, il m'a dit : « Qu'est-ce que tu veux encore faire ici ? Viens, avant que les mouches te bouffent ! »

Je me suis dit : Ils n'ont qu'à partir. J'aurai plus de terre. Un jour la terre me le rendra. Un jour ou l'autre tout paie. Je leur ai racheté leurs parts et leur ai souhaité bonne chance. À présent c'était moi le fermier. Et j'avais de la suite dans les idées. Je suis retourné à la banque jusqu'à ce que j'aie obtenu ce que je voulais. J'ai acheté des machines. J'ai embauché des saisonniers. J'ai fermé les vieux canaux et installé des drains. Puis j'ai agrandi la maison, bâti deux garages, un grand silo et un hangar de tôle pour cinq cents dindonneaux. Je me suis acheté un costume bleu foncé et suis allé au thé dansant du Bouc Noir, où j'ai trouvé femme. Elle n'était pas dure à la tâche, mais ensemble nous avons eu cinq enfants, dont trois nous sont restés. Puis ils sont partis, un beau jour. Si tout va bien, ils sont encore vivants.

« Ça va peut-être finir par donner quelque chose tout ça ici, ai-je dit à ma femme.

— Oui, a-t-elle dit. Sûrement, à force. »

Mais elle n'y croyait pas. Et elle avait raison. Les drains ont servi un bout de temps, puis tout s'est retrouvé sous l'eau une fois de plus. Après ça il y a eu des semaines de sécheresse, la terre s'est fissurée en formant des crevasses aux bords tranchants et on n'a pas eu d'eau pour sauver les récoltes. Ce fut le temps des mouches et le temps de la poussière.

Un trou s'ouvrait quelquefois au beau milieu du champ. Il se remplissait en une seule nuit d'une eau qui avait disparu le jour suivant.

Les dindonneaux furent un fiasco. Ils attrapèrent la maladie, et quand on a voulu les faire passer d'une moitié de hangar dans l'autre pour les vacciner, une paroi s'est écroulée et on a perdu le contrôle de la situation. On les a donc tous revaccinés. Je crois qu'ils ne sont pas morts de la maladie, mais du vaccin. Les temps n'étaient pas bons.

Puis ma femme est partie. C'était comme ça. Ma femme est partie et j'ai fait comme si ça m'était égal, et peut-être que ça l'était. J'étais maintenant seul avec ma terre et mes mains et un immense hall de tôle vide qui chantait la nuit dans le vent.

Cela m'allait. Assis devant la porte de ma maison, je regardais le vent et j'avais l'impression qu'en moi tout se rejoignait. J'étais mon père, j'étais mon grand-père, j'étais son père et le père de son père et le père de celui-ci. J'étais le dernier et le premier d'une longue série dont les racines se défaisaient sous mes pieds dans la terre, et ça ne me gênait pas.

J'étais fatigué.

Je savais que c'était la fin. Personne n'a la force

de faire prospérer une éponge d'argile et de caillasse de quatre-vingt-dix hectares. Il ne s'agissait plus que de tenir fermées les portes et les fenêtres pour ne pas laisser entrer les mouches.

Ils sont venus par un matin d'été brûlant. Le maire et deux messieurs en complet. J'ignore qui ils étaient et comment ils s'appelaient. Ce n'étaient que des messieurs en complet gris qui suaient au soleil comme des bœufs. J'avais vu de loin la grosse voiture noire approcher en cahotant sur le chemin ; quand elle s'était arrêtée, le bleu du ciel s'était reflété dans son pare-brise. Nous sommes entrés dans la maison et nous sommes assis à la table. Le maire a demandé : « Ça fait combien de temps qu'on se connaît ?

— Autant que je sache, on ne se connaît pas du tout, j'ai dit.

— Ça doit faire trente ans. Au moins. C'est une longue période, n'est-ce pas ? »

J'ai examiné les motifs de la nappe. C'étaient d'innombrables petits carrés imbriqués les uns dans les autres. Eux aussi avaient l'air d'inspecter minutieusement la nappe. Je ne leur avais rien offert à boire, je ne voulais pas être impoli, mais je n'avais pas de verres propres. Le maire s'est raclé la gorge et penché un peu vers moi. Des cheveux collaient à son front comme s'il avait couru sous la pluie.

« Parlons entre hommes, Jonas. On n'est pas venus chez toi pour profiter du beau temps, car le temps n'a rien de beau, pas vrai ?

— Ça dépend, ai-je dit. C'est comme on le voit.

— On n'est pas venus non plus te tenir compagnie un après-midi. Un maire devrait peut-être faire ce genre de choses de temps à autre, mais le temps manque pour ça, vois-tu. Le temps vous file entre les doigts, et avant qu'on ait pu se retourner, la journée est déjà passée. Combien de temps te reste-t-il encore, Jonas ?

— Dites donc ce que vous voulez, m'sieur le maire. »

Il s'est carré dans son siège, a essuyé la sueur de son front d'un revers de main et dit : « Je veux acheter ta terre.

— À votre place, je ne le ferais pas, j'ai dit. La terre ne vaut rien.

— Elle nous convient, a dit le maire. Elle est assez grande, elle est suffisamment proche de la ville et la route passe en plein milieu.

— Quelle route ? Il n'y a pas de route.

— Il y aura une route. »

C'était vrai, je ne connaissais pas le maire. J'avais entendu des rumeurs, ma femme m'avait parlé de lui. Elle disait que c'était son père tout craché : vaniteux, corrompu, cupide et coureur. Elle avait sans doute raison, mais je m'en fichais. Comme il était, là, suant sang et eau à la table de ma cuisine, il me plaisait bien. Je me suis dit qu'il devait tout de même y avoir quelques verres propres dans un des buffets et leur ai proposé à boire.

« On ne veut pas te déranger, a dit le maire. On veut acheter ta terre, c'est tout. »

Je me suis levé et suis allé chercher des verres et une cruche d'eau, ils l'ont vidée. J'ai dit : « Dix mille. »

Assis dans leurs beaux costumes, leur cou rouge de dindon irrité par leurs cravates, ils me fixaient.

« Pour toute la terre ? a demandé le maire.

— Oui, j'ai dit. Elle ne vaut rien. C'est une vraie passoire, un marécage.

— Ça, on peut le dire, a dit le maire.

— Ou alors tout est sec et dur comme une brique polie par le vent.

— Atroce, a dit le maire.

— Donc, j'ai dit. Dix mille pour la terre.

— Tope là, a dit le maire.

— Et cinq cent mille pour le hangar aux dindons.

— Quoi ?

— Cinq cent mille pour le hangar.

— Tu te crois malin, c'est ça ?

— Non, je ne suis pas très malin. Tout ce que j'ai appris, c'est à arracher les patates et rien d'autre. Mais je vois ça comme ça : pour je ne sais quelle raison vous voulez ma terre. Ces raisons, je ne les connais pas, mais apparemment elles sont assez bonnes pour vous attirer ici sous le cagnard avec vos souliers vernis et vos cravates. La terre ne vaut rien, mais elle m'appartient.

— Tu as encore de l'eau ? » a demandé le

maire. Je suis allé chercher une deuxième cruche, et ils l'ont vidée.

« L'eau a un drôle de goût », a dit le maire. Je ne desserrais plus les dents. Il a tenté encore de me convaincre de toutes les manières possibles. Il s'est mis en colère, a essayé les menaces, puis l'amabilité. Mais je ne desserrais plus les dents. Il a renoncé. On a topé, et ce qui devait arriver arriva.

Quand je suis parti à la ville, je ne me suis pas retourné. Avec l'argent, je me suis acheté une chambre à vie dans la résidence Abendrot. Ça a valu le coup, puisque j'ai vécu encore plus de quinze ans. Ma chambre était petite, tapissée d'un papier jaune aux motifs à peine visibles. C'était un papier rigide, agréable au toucher quand je passais mes doigts dessus. Je sortais peu, pour moi la ville était trop bruyante et le pavé trop lisse. Je restais simplement dans ma chambre. J'étais content qu'elle soit petite. J'avais regardé les lointains toute ma vie. Je pensais très peu à avant. Je pensais très peu au dehors. Quand j'ai appris l'accident, je n'ai pas pu m'empêcher de rire. Les trois morts sous les décombres me faisaient de la peine, mais je leur avais dit la vérité sur le sol. Il ne vaut rien.

Les journées étaient bien, mais les nuits me donnaient du mal, dans le noir je ne trouvais pas le sommeil. Une fois j'ai eu peur. Un bruit m'avait réveillé, j'avais l'impression que je n'étais plus seul dans la pièce. J'étais sûr d'entendre quelqu'un respirer dans l'obscurité. Je me suis extirpé du lit et me suis assis sur la chaise à la fenêtre, mais je n'ai pas ouvert les rideaux. Le silence était revenu. J'ai posé mes bras et ma tête sur l'appui de la fenêtre. Je suis resté là un moment à écouter, puis quelque chose en moi a commencé à s'effriter. J'ai glissé de la chaise et me suis brisé comme une motte de terre sèche.

Susan Tessler

« On coupe les pommes de terre en dés, on hache les oignons et on les fait roussir dans une poêle bien chaude avec du beurre et quelques pincées de farine, dit Henriette. Mais prends des pommes de terre fermes. Et il faut les couper en dés, précisa-t-elle d'une voix ferme.

— Attends, demandai-je, pourquoi en dés ?

— C'est plus joli, dit-elle.

— C'est tout ?

— C'est tout. »

Henriette était une petite vieille acariâtre et pédante dont la propension aux crises de colère et aux accès de mauvaise humeur n'était inhibée que par sa fragilité. Elle-même voyait cela autrement. Elle se qualifiait d'enthousiaste à temps partiel. Dans ses jours fastes en effet, elle avait le don de débusquer en tout quelque chose de bon et de beau. Même le papier peint jadis vert tilleul de la salle d'attente où nous passions d'innombrables heures lui semblait receler quelque beauté cachée. « Voyez-vous ces sarments de vigne là-haut ? me demanda-t-elle lors de notre première rencontre en ce lieu. Ce sont des sarments, n'est-ce pas ? Ou bien dit-on des pieds de vigne ?

— Ce ne sont ni des sarments ni des pieds de vigne, répliquai-je. Ce sont simplement les fissures du plafond. Cette salle aurait besoin d'un coup de peinture.

— Ah, ça me revient maintenant ! Voyez-vous ces courbes qui montent et qui descendent sans cesse, ces mouvements de vague ? s'écria-t-elle, enthousiasmée. Ce sont des sarments bien sûr. Il n'y a aucun doute. Comment vous appelez-vous ?

— Tessler, dis-je. Susan Tessler.

— Je m'appelle Henriette. Henriette tout court. J'ai renoncé au nom de famille. Avec le temps on renonce à tout. Si on se serrait la main ? »

Nous étions entrées à peu près en même temps à la maison de santé. Je crois que j'y étais arrivée la première. C'était le printemps, dans le petit parc sous ma fenêtre le lilas et la glycine jaune étaient en fleurs. Ma chambre était claire et spacieuse (elle l'est sûrement encore), avec vue sur le jardin et un balcon français dont je n'usais toutefois que pour mettre au frais, la nuit, le chocolat introduit en cachette des infirmières. La maison autorisait les pensionnaires à prendre leurs meubles et leurs objets familiers, mais je n'emportai rien de chez moi. L'aménagement standard me suffisait amplement : une penderie, une étagère, un chevet, une table, deux chaises et un lit. Le lit était un engin en métal. Un dispositif qu'on pouvait lever et abaisser à l'aide d'une pédale et incliner dans différentes positions. Les traverses à son pied grinçaient à chaque manipulation, mais le matelas était souple. J'avais un lampadaire, une descente de lit et deux vases de porcelaine blanche. Je m'arrangeais pour qu'il y ait toujours deux pommes ou quelques noix sur la table. Je ne les mangeais pas, mais j'aimais les contempler et, de temps à autre, les jeter par la fenêtre, puis les voir rouler sur la pelouse et rester dans l'ombre des arbres jusqu'à ce qu'un des jardiniers les enlève.

Rien ne me manquait. À vrai dire j'étais contente d'avoir laissé mes vieilles affaires dans l'appartement de Paulstadt, où elles demeurèrent sans doute encore un bon moment dans un silence poussiéreux. Les objets avaient depuis longtemps perdu leur importance. Henriette les surnommait « le bric-à-brac de nos vies ».

Avant ce premier échange dans la salle d'attente, je l'avais aperçue souvent. Elle était inhabituellement petite et mince, toujours vêtue avec élégance, et portait ses longs cheveux blancs ramassés sur la nuque en un chignon qu'elle baptisait sa boule de neige. Tout en elle était un peu bancal : le dos, les jambes, le nez, les mains. Son visage était criblé de petites rides et son décolleté arborait au-dessus d'un sternum à l'ossature fine une cicatrice d'au moins quinze centimètres en forme de fer à cheval.

Au salon elle s'asseyait toujours dans le même coin. Elle buvait du thé rouge foncé et avait constamment un livre ouvert sur les genoux, alors qu'elle n'y voyait plus guère depuis longtemps et distinguait à peine les visages. Je me souviens d'une petite méchanceté que je me permis à l'une de nos premières rencontres : j'avais entendu parler de la mauvaise vue d'Henriette bien entendu (dans ce genre d'établissement l'état de santé et les déficiences de chacun ne sont un mystère pour personne) et, en dépit de ça (ou à cause de ça), l'interrogeai sur le contenu de son livre. À ma grande surprise elle m'en raconta l'histoire du début à la fin. Il y était question d'un chercheur dévoré d'ambition qui s'aventurait dans les sables brûlants du désert. Elle me raconta l'histoire d'un ton d'emphase, dans les moindres détails, jusqu'à sa conclusion dramatique. Après quoi le thé avait refroidi. J'aurais pu la gifler.

« Une tumeur toi aussi ? s'enquit-elle un jour.

— Le foie, répondis-je. Et les reins, en plus, maintenant.

— Moi c'est à la tête, précisa-t-elle. Toutes les maladies commencent dans la tête. D'où es-tu ?

— De Paulstadt, dis-je.

— Pardon ?

— De Paulstadt, répétai-je.

— Doux Jésus ! s'exclama-t-elle en levant un sourcil soigneusement épilé. Réellement ? »

Sa suffisance m'a agacée, car j'aimais Paulstadt.

C'était le lieu de mon enfance et de ma jeunesse, et je le lui ai dit. Elle a fermé son livre d'un glissement de main et fixé sur moi ses petits yeux à moitié aveugles. « Je me conduis parfois comme une idiote, je sais, a-t-elle dit. Une idiote prétentieuse. Mais ne compte pas sur moi pour les excuses, ma chère, tu le comprends, n'est-ce pas ? »

La petite Henriette si menue, presque transparente vers la fin. Les tibias comme des baguettes sous la robe. Les mains noueuses sur le dos du livre. Le visage foncé, tavelé, plus petit presque que la boule de neige dans la nuque. Les paupières fébriles, toujours rouges. Son regard qui semblait se retirer chaque jour au plus profond des orbites.

« Paulstadt, Paulstadt, dit-elle une autre fois, apparemment plongée dans un abîme de réflexion. N'est-ce pas la ville où il y a eu cette histoire horrible ?

— Oui, répondis-je. Épouvantable.

— On voulait construire un tramway, mais les gens n'en voulaient pas, n'est-ce pas ?

— Pardon ?

— Ces benêts n'en voulaient pas !

— Oui. Possible. Je ne sais plus. »

Nous nous sommes tues un moment. Brusquement elle se redressa dans son fauteuil.

« Imagine un peu, dit-elle. Un tramway ! Avec les voies, la sonnette et tout le tremblement !

— Oui, dis-je. Épouvantable ! »

Dans le salon et les couloirs on chuchotait. Le bruit courait qu'Henriette était juive. Une infirmière l'avait entendue parler dans son sommeil. C'était plutôt un bredouillement toutefois, précisa-t-elle, totalement inintelligible et brouillé par les grincements du peu de dents qui lui restaient, mais elle était certaine d'avoir distingué quelques mots d'hébreu. Je ne me mêlais pas de ces potins. J'aurais pu interroger Henriette évidemment. Mais je n'ai pas osé. Et puis, quelle différence ça aurait fait ?

Aujourd'hui je sais qu'elle avait inventé de toutes pièces cette histoire de chercheur ambitieux dans le désert. Elle avait ce don. Avec elle on ne pouvait jamais démêler le vrai du faux. Mais elle racontait si bien qu'on voulait écouter quoi qu'il en fût. Les pensionnaires se livraient à une sorte de concurrence pour s'asseoir à côté d'elle l'après-midi. En général j'étais la plus rapide. Le tout était de s'asseoir dans son coin attitré avant qu'elle ne pénètre dans le salon. Ainsi nous retrouvions-nous à côté l'une de l'autre, elle racontant, moi l'écoutant. Il nous arrivait de nous assoupir toutes les deux. Ses ronflements s'immisçaient alors dans mes rêves sous forme de gargouillis de moteurs de bateaux dans des ports étrangers, de crissements de sous-bois dont le sol se craquelait ou des ronflements un peu rauques de mon père quelque part dans l'obscurité d'un appartement abandonné depuis longtemps.

« Je ne donnerai jamais du Dieu à tout ce qu'on ne comprend pas là-bas dehors. Et si je le fais un jour, ce sera à cause des médicaments, tu m'entends ? »

Nous ne parlions pas beaucoup de notre passé. Le minimum indispensable avait été vite expédié : domicile, profession, maris (morts), enfants (aucun), modes de vie et convictions (variables). Ce genre de choses. Je crois que le sujet était épuisé à force d'avoir été ressassé. Notre passé se résumait à présent à des images décolorées, à des noms et à des dates auxquels il n'était plus possible d'insuffler de la vie.

Nous préférions nous occuper du présent. Nous causions des autres pensionnaires, des infirmières, des médecins, du personnel de cuisine ou des pigeons des gouttières et des allées de gravier du jardin. Parfois nous nous racontions des rêves. Mais notre sujet préféré était la nourriture. Henriette aimait la cuisine roborative, moi je préférais la pâtisserie telle qu'on l'enseigne dans les vieux livres de cuisine. Ces livres l'intriguaient. Je devais lui en décrire précisément les illustrations et lui en dire les recettes de tête dans leur intégralité si possible, ce qui ne l'était pas, évidemment. J'entrepris donc d'inventer moi aussi : « Il te faut deux cent quatre-vingts grammes de beurre, cent quarante grammes de sucre glace, deux ou trois jaunes d'œufs, une toute petite poignée de poudre d'amandes, un zeste de citron, deux cents grammes de farine et bien sûr de la confiture (de groseilles de préférence), tu mélanges vigoureusement le beurre avec le sucre glace et les jaunes d'œufs, *mais je dis bien vigoureusement, tu entends, sinon, ça rate, vois-tu*, tu mélanges donc vigoureusement pendant au moins vingt minutes, tu ajoutes la poudre d'amandes, le zeste de citron, tu continues de remuer, tu verses la farine, tu remues encore vigoureusement, puis tu étales le quart de la pâte dans le moule (pas besoin de beurrer le papier cuisson, il y a assez de beurre dans la pâte), tu étales la confiture dessus et tu répartis le reste de pâte sur le gâteau avec une douille en dessinant une grille, mais tu peux imaginer n'importe quel autre motif, évidemment, ça ne change rien au goût, puis tu décores les bords avec le reste de pâte et tu fais cuire au four à cent quatre-vingts degrés quarante à quarante-cinq minutes, puis tu démoules avec précaution et tu saupoudres de sucre glace.

— Encore du sucre ? releva-t-elle, les yeux clos.

— Oui, dis-je. Mais du sucre glace. Et tu le passes. Il te faut une passoire.

— Ah ! Une passoire fine ?

— La plus fine que tu puisses trouver. »

L'été s'est écoulé ainsi. Nous avons passé de

belles heures ensemble. Pourtant je garde le souvenir d'un sentiment de tristesse. En fin de compte je me souviens de ma vie entière comme à travers un voile de tristesse. La tristesse est la seule chose qui soit restée. Mais ce n'est peut-être pas plus mal. J'ai longtemps essayé de me persuader qu'on ne meurt pas, qu'on quitte seulement ce monde. Que la mort n'est qu'un mot. Mais c'est faux.

Début octobre elle était trop affaiblie pour gagner le salon, et je passai les après-midi avec elle dans sa chambre. La pièce était encore plus vide que la mienne. Il n'y avait même pas de table et rien qu'une chaise. Une valise était rangée dans un coin. Henriette me dit qu'elle contenait des lettres et quelques livres, le seul bagage acceptable pour tout voyage. Elle était couchée dans son lit, le buste à moitié surélevé par un coussin, méchante petite reine. On aurait dit qu'elle allait à tout moment disparaître dans son propre lit. Mais elle se remettait à rire et mordait dans sa tartine, qu'elle trempait d'une main tremblante dans la tasse de lait posée sur le chevet. Nous nous faisions porter les journaux, et je les lui lisais. Elle s'indignait fréquemment de ce qui se passait dans le monde. Elle tempêtait alors si fort qu'une des infirmières venait sans ménagement nous exhorter au calme.

« Qu'est-ce que j'y peux si j'ai du tempérament, bon Dieu ! » s'écriait Henriette, tremblante d'énervement.

Elle querellait les infirmières. Quand elle souffrait ou qu'elle était mal lunée, elle les abreuvait, à peine entrées, des mots les plus orduriers. Mais, sans l'avouer, elle aimait bien ces jeunes femmes qui se mouvaient tels des anges résolus au milieu de nous les spectres. Dans ses bons jours elle les complimentait même, admirant leur silhouette, leur peau lisse ou le blanc brillant de leurs yeux. Les infirmières l'aimaient bien aussi, et pas seulement à cause des pourboires qu'elle distribuait à tout bout de champ. Nous avions tous de l'argent, plus ou moins selon les cas (j'avais gagné le mien en découpant et poinçonnant des tôles, Henriette le sien avec « trois mariages et beaucoup de patience »), mais ce n'était pas ce que lui trouvaient les infirmières. Elle avait quelque chose… Je ne me souviens pas de ma mère qui est morte quand j'étais petite, mais j'aime me la figurer comme Henriette.

« Chut, tais-toi un peu ! Tu ne vois pas les nuages là-bas dehors ? D'ici ils ont l'air de passer lentement, bien tranquilles. Mais ils courent dans le ciel et tout autour d'eux ça crépite, ça gronde et ça craque. Les arbres les ont déjà repérés. Ils s'inclinent devant eux. »

L'automne progressait et Henriette perdait ses forces. On ôta le coussin, elle ne quittait plus le lit que dans les bras des infirmiers. La plupart du temps elle était couchée sur le côté, les yeux clos, ou fixant la fenêtre derrière laquelle la bise de novembre emportait les dernières feuilles des arbres. Elle n'y voyait presque plus, mais s'imaginait entendre les feuilles tomber quand la nuit était calme. Nous parlions et riions encore ensemble. Je ne sais plus à quel moment nous le fîmes pour la dernière fois.

On avait remisé ses vêtements dans le débarras à côté de la salle de bains, elle ne portait plus qu'une chemise de nuit en soie qui chatoyait au clair de lune comme si elle était de glace pure.

On la relia à un appareil qui émettait de petits bips, on augmenta sa dose de médicaments. Elle dormait presque tout le temps, parfois elle gémissait et râlait dans son sommeil. Sa voix était déformée, étrangère, comme celle d'une enfant enrouée.

J'ignore où je puisais la force de veiller aussi longuement à son chevet. J'avais l'impression, me semble-t-il, que le temps s'arrêtait pendant que j'étais près d'elle. Il n'y avait pas d'horloge dans la pièce et moi-même ne possédais plus de montre depuis longtemps. Je réalise maintenant que, pendant tout mon séjour à la maison de santé, je n'ai pas vu une seule horloge. Le temps paraissait être devenu dérisoire – et d'un autre côté trop précieux pour l'appréhender simplement en minutes, en heures et en jours.

De temps en temps je tenais sa main, sa main fanée toute ridée. De temps en temps je caressais ses cheveux. Les infirmières avaient dénoué son chignon, sa longue chevelure gisait, éparse, sur l'oreiller.

Une fois, elle s'éveilla et leva la tête. « Qui es-tu ? » me demanda-t-elle d'une voix claire. Je la fixai. La question me paraissait révoltante.

« Je ne sais pas », dis-je.

Elle laissa retomber sa tête sur l'oreiller et se rendormit. Peut-être n'était-elle pas vraiment éveillée. Je regagnai ma chambre, me couchai et pleurai la moitié de la nuit.

Henriette mourut quatre-vingt-treize jours après mon arrivée et vingt-six jours avant moi. Elle fut mon amie pendant soixante-sept jours. Elle fut la meilleure amie que j'eus de ma vie.

L'une des dernières nuits, j'étais près d'elle alors qu'elle dormait. Le soir précédent les médecins avaient décidé d'augmenter la dose. Chacun a son lot de souffrances dans la vie, avait dit le médecin-chef, on n'allait pas en rajouter. Son souffle était à peine audible, mais il était paisible ; je regardai dehors, où les arbres nus se dressaient dans le ciel nocturne. Son sac à main était sur l'appui de la fenêtre, ouvert ; régulièrement je voyais ses affaires étalées à côté, comme si quelqu'un avait tenté d'y mettre de l'ordre. Un rouge à lèvres, un petit poudrier doré, du papier à lettres, une bourse, des ciseaux à ongles et un mince portefeuille en cuir un peu élimé. Henriette eut un léger râle, et soudain la colère m'envahit. J'étais furieuse contre cette petite femme desséchée au chevet de laquelle j'avais passé tant d'heures et qui se dérobait maintenant, ne m'accordant plus qu'un râle.

Ma colère s'est apaisée aussi vite qu'elle était venue. Son souffle était redevenu paisible et régulier. La seule possibilité d'échapper au ridicule, l'âge venant, est de reconnaître qu'on l'est, m'avait-elle dit une fois. Je me suis levée et suis allée à la fenêtre. Sur le portefeuille de cuir j'ai reconnu ses initiales : H. L. Je l'ai ouvert. Il contenait quelques papiers, des feuilles de maladie, des attestations, des feuilles éparses. Tout en dessous se trouvait son passeport. Les pages en étaient constellées de tampons multicolores. Henriette semblait avoir passé toute sa vie en voyage. La photo la montrait jeune femme. Elle n'était pas belle autrefois non plus, mais elle avait des cheveux noirs mi-longs et fixait hardiment la caméra, le menton levé. Le décolleté à la cicatrice était couvert d'une grande écharpe noire. Sous la photo était déclinée son identité : nom et prénom, lieu de naissance, nationalité, signes particuliers, etc. Mes yeux se sont attardés sur sa date de naissance. Je me suis figée, les larmes me sont venues aux yeux. Un vertige m'a prise, je me suis agrippée à l'appui de la fenêtre pour rester debout. Henriette avait quatre ans de moins que moi.

Je l'ai regardée. Dans le lit baigné de clair de lune, son corps était comme couvert de neige. Je ne percevais pas le mouvement de son souffle, tout en elle était comme pétrifié, sauf les yeux, qui glissaient sous ses paupières et semblaient suivre mes gestes à l'aveugle, tandis que je rangeais ses affaires dans le sac et ouvrais la fenêtre pour laisser entrer l'air de la nuit.

Peter Lichtlein

Clac ! et je me mets à courir. Quand je commence à courir, tu ne peux plus m'arrêter. Personne ne le peut. Je suis grand et fort, je sais des choses. Je sais exactement où je vais. Je dévale les couloirs, les escaliers, la cour, je passe le portail et, une fois dans les rues, je file comme le vent. La poussière ne me fait rien. Les chiens ne me font rien. Ni les autos, ni les pigeons, ni les immeubles qui se dressent devant le ciel et qui ont l'air de grandir encore. Je sais qu'il y a des gens, mais je ne les vois pas, et eux ne me voient pas, et bientôt il n'y en a plus. Je ne ralentis que lorsque les maisons derrière moi ressemblent à de petites pierres cassées en morceaux. Alors je me laisse tomber dans l'herbe, je m'allonge sur le dos, et le cœur de la terre bat au-dessous de moi.

Quand je me sens calme, je me lève. Je peux marcher maintenant, je ne suis plus forcé de regarder sans cesse derrière moi. Ce n'est plus loin. Passer devant les clôtures, au-dessus de la vieille canalisation où avant je pouvais me glisser en rampant, franchir les buissons et les roseaux coupants, de là je vois déjà les arbres et l'étang, et c'est étrange : je sais bien qu'ici sans arrêt tout pousse, se brise, fleurit et meurt, mais tout a l'air exactement comme la dernière fois.

L'étang est mon ami. Mais personne ne le sait. Je ne veux pas qu'on le sache. C'est un secret. Je suis un secret. Il vaut mieux que personne ne me connaisse. La terre autour de moi est molle, sombre et humide. Mais je connais un moyen : j'arrache une botte de roseaux et je l'étale sur elle. C'est mon lit.

Ma mère m'a défendu d'aller à l'étang. Mais je ne l'ai pas écoutée. J'y reviens toujours. Ici personne ne me dérange, je peux y rester à regarder et à penser ou sans regarder ni penser, comme j'ai envie. Ma mère ne le comprend pas.

Ma mère est belle. Elle a une grande figure et de grandes mains. Une fois, elle a ouvert un lièvre dans la baignoire avec son couteau. Son sang était noir, et j'avais beau penser tout le temps à ses yeux, j'ai aimé sa viande. Ma mère parle souvent de nourriture. J'en parle donc moi aussi, parce que je sais que ça lui plaît. Quand nous sommes à table nous parlons du pain. Nous disons qu'on peut gratter le brûlé de la croûte avec un couteau et qu'il est tout moelleux à l'intérieur. Nous parlons aussi de la viande. Nous disons que la viande qui a appartenu à un animal ne nous appartiendra jamais complètement. Quand par hasard nous ne parlons pas de nourriture, ma mère dit aussi d'autres choses.

Ma mère dit :

Qu'est-ce que tu t'es fait aux mains ?

Dors maintenant.

Il y a trois anges sur l'appui de la fenêtre. Le premier a le sommeil dans sa poche. Le deuxième le bonheur. Et le troisième surveille les deux autres.

Mets-toi là.

Arrête.

Ne m'en veux pas.

Le bon Dieu n'est pas si bon que ça, et le diable éteint les étoiles en soufflant dessus.

L'école. Les pommes de terre. L'homme.

Ce genre de choses.

L'eau est noire comme le sang du lièvre. Et c'est ce qu'elle a de plus beau. Elle est noire, calme et profonde. Je sais combien elle est profonde. Elle est si profonde qu'elle peut avaler le soleil. Il y a aussi des crapauds. Ma mère dit que les crapauds portent bonheur, mais je crois qu'elle n'en sait rien. On peut sûrement manger des crapauds quand on a faim, mais je n'ai jamais osé le faire. J'en ai juste attrapé un quelquefois et l'ai jeté dans l'eau. Ils ont les yeux jaunes. Les gens croient que ce sont les étoiles qui se reflètent dans l'eau, la nuit. Mais je sais que les lumières jaunes dans l'étang sont les yeux des crapauds.

Je suis un crapaud. J'ai les yeux jaunes, une langue gluante et un dos foncé plein de verrues. Mais il faut que je protège mon ventre, il est pâle et mou, on peut le percer avec une pique, et alors il éclate et la vie s'échappe de lui. Les mouches aiment la vie.

L'hiver n'est pas la saison des crapauds. Il fait froid, les arbres sont comme les barres du portail de l'école, minces, nus, noirs. L'été c'est mieux. Alors j'aspire la lumière du soleil, partout ça bourdonne, ça fredonne, j'ai des mouches, des abeilles et des vers à manger et je n'ai plus besoin de creuser des abris où j'attendrai le dégel, tout froid et tout raide.

Je n'aime pas le portail. Je n'aime pas la cour. Je n'aime pas les bancs. La cloche. Les voix aiguës ni les graves. Les cris. Les murmures. Je n'aime rien de tout ça, et ce que j'aime encore moins ce sont les maîtres. Ils ont des figures grises et des mains grises avec lesquelles ils montrent des choses qui ne m'intéressent pas. Les maîtres peuvent me dire tout ce qu'ils veulent, si je n'ai pas envie, je ne le fais pas. Ou je ne les écoute même pas, tout simplement. Je me bouche les oreilles avec des pensées qui ne me dérangent pas.

Une fois l'un d'eux m'a frappé du plat de la main, à la figure : splaf ! Il n'aurait pas dû faire ça. Et pourquoi n'a-t-il pas tout de suite enlevé sa main ? Peut-être qu'il voulait faire partir la douleur d'une caresse, mais ça n'avait même pas fait mal. En tout cas il a laissé sa main sur ma joue en me regardant d'un drôle d'air. Alors je l'ai mordu. Et je ne l'ai plus lâché. J'aurais bien voulu, mais je ne pouvais pas. Ça craquait sous mes dents, et son sang avait un goût sucré et bizarrement salé aussi. Je sais qu'il a crié, mais je ne l'entendais pas. Je crois que quelqu'un a appuyé sur ma mâchoire avec un instrument ou je ne sais quoi, et puis ils m'ont tiré en arrière. C'est seulement beaucoup plus tard, quand tout était fini et que j'étais tout seul à l'étang, couché sur les roseaux, que j'ai regretté. Mais pourquoi m'avait-il frappé aussi ? Il n'aurait pas dû. Ou au moins il aurait pu retirer sa main plus vite.

Les autres sont les autres et moi je suis moi. Les autres parlent beaucoup. Mais ils ne comprennent pas grand-chose. Ce n'est pas que je comprenne plus, mais je ne parle pas autant. Je préfère parler quand je suis seul.

À la maison c'est mieux. Je peux rester dans mon coin et m'imaginer des choses. Je m'imagine des choses, mais je n'arrive pas à me les rappeler. C'est drôle : les choses sont dans ma tête, et en même temps je suis en elles. Elles sont très nettes. Mais quand ma mère m'appelle, elles disparaissent. Elles étaient forcément belles, je le sais, parce qu'après j'ai un sentiment agréable.

Ma mère va travailler. Elle va dans un hall et elle range des tôles sur des étagères qui sont si hautes qu'elles vont jusqu'au toit. Elle a une grande échelle. J'ai toujours voulu grimper sur une échelle aussi grande moi aussi, mais ma mère ne l'a pas permis. Il y a plein de choses qu'elle ne me permet pas, parce qu'elle a toujours peur pour moi. Une fois, elle m'a enfermé dans la remise aux balais, juste à cause de cette peur. Ça ne m'a rien fait. Je connais bien le noir. Le noir est chaud et brillant sur les bords. Je me suis couché par terre et me suis imaginé des choses jusqu'à ce que la porte s'ouvre. Ma mère était sur le seuil, et elle pleurait. Elle était encore plus belle que d'habitude. Elle avait l'air d'un saint de vitrail d'église. Mais elle pleurait, ça c'était horrible. Qu'est-ce qu'il y a, maman, j'ai demandé, qu'est-ce qu'il y a ? Mais elle n'a rien dit, elle a juste continué à pleurer sans s'arrêter. Elle m'a pris dans ses bras et s'est assise par terre avec moi dans la cuisine. Nous sommes restés là longtemps, les dalles étaient fraîches, et j'ai vu un lambeau de toile d'araignée trembler sous le buffet.

Tout s'est bien terminé.

Je voudrais voir un crapaud en hiver. En hiver les crapauds vivent sans vivre vraiment. Je m'imagine quand tout se fige en eux : les pattes, le ventre, la tête. Les yeux sont des cailloux froids et jaunes. Je m'imagine quand le sang gèle dans les veines des crapauds et qu'ensuite ça craque et ça grince à chaque mouvement. En été c'est différent, les crapauds palpitent et leur corps est ferme et mou en même temps. Je les attrape toujours par la patte. Après ils pendouillent et se tournent dans tous les sens. Je ne te ferai rien, je dis, tu peux continuer tranquillement. Les crapauds ne disent rien. Je les regarde, puis je les lance très loin dans l'étang, ça fait flop, et ils disparaissent.

Je cours contre le vent. Les champs sont jaunes et les papillons dansent au bord du chemin. Je cours, mes poumons brûlent et je pense à ma mère. Elle ne le sait pas encore, parce que moi-même je ne le sais pas encore. Elle est ma mère. Je suis un crapaud. Le vent me fait du bien. Je ne sens pas ma figure, je cours, je cours. Les arbres tendent leurs bras vers le ciel, et je sens déjà l'odeur de l'étang. L'eau est noire et tranquille. Je m'allonge sur mon lit de roseaux et j'attends. J'attends que le soleil disparaisse et que le bourdonnement et le grésillement cessent autour de moi. La nuit tombe, mais je n'ai pas peur. Je m'imagine des choses que je ne peux pas me rappeler. Puis je me lève et enlève mes vêtements. Je les range bien les uns à côté des autres. Je ne veux pas fâcher ma mère. La lune est suspendue dans un arbre. J'entre dans l'eau, je vois mes pieds blancs scintiller sous la surface. J'avance. L'eau est toute douce et la vase entre les orteils fait une drôle d'impression. Je m'arrête et j'écoute. Puis je me laisse simplement tomber en avant. Je ne sens pas le froid. Je sais que si je plonge assez profondément je trouverai le soleil au fond.

Annelie Lorbeer

Être la plus vieille n'est pas un exploit et on n'y gagne rien. On meurt exactement à cent cinq ans comme à quatre-vingt-cinq ou à trente-deux, et la rançon d'une si longue vie s'appelle solitude. La mort est la même pour tous. Mais ceux qui se recueillent devant une tombe ne le savent pas encore. J'ai vu beaucoup de tombes, et ce ne fut jamais plaisant. Sauf à la rigueur au printemps, quand on ne connaît pas trop bien le mort, que les arbres sont en fleurs et que les oiseaux chantent. Parfois je m'imaginais que les oiseaux dans les arbres étaient les âmes des morts. Jolie pensée, mais absurde évidemment.

Pour mes cent ans, le maire m'a remis un document et offert une gerbe de fleurs. Qu'y avait-il sur le document, je n'en ai aucune idée. Pendant la cérémonie dans le jardin je fus la seule à pouvoir m'asseoir. La position assise m'a pour ainsi dire élevée. Je ne me rappelle pas qu'il y ait eu de la musique. Autrefois il y avait toujours une fanfare. Une cérémonie sans fanfare, ça n'existait pratiquement pas. Mais un jour ou l'autre la musique a perdu son importance. Là d'où je viens les gens ne parlaient pas, ils chantonnaient. C'était beau. Quoique... Ça me tapait aussi sur les nerfs, je dois dire, cette intonation chantante des discours. Comme si les gens avaient voulu enchanter la réalité.

C'était tout de même beau.

Pour les cent cinq ans il n'est venu personne. Même moi je n'étais plus vraiment là. Je ne faisais plus que tout rêver. Rêver était un bon remède contre le poids de l'âme et contre la souffrance.

Cela faisait longtemps que les anniversaires n'avaient plus d'importance pour moi. Mais ma mort, j'aurais bien voulu la vivre. J'ai toujours été si curieuse.

Maintenant je sais comment c'est. Mais je ne dirai rien. Il est interdit de parler de la mort. Dans la mort est la vérité, mais on ne doit pas la dire. Le mensonge est autorisé évidemment, mais je n'en veux pas. En tout cas personne n'est venu me chercher. Je suis simplement tombée de la vie. Exactement comme on tombe dans la vie, on en retombe aussi. Il y a une brèche, il s'agit de la trouver. Ou de tâtonner dans l'obscurité jusqu'à ce qu'on tombe dedans. Quoi qu'il en soit, ça ne manque jamais.

J'ai été une enfant. Puis une dame. Puis de nouveau une enfant. De l'entre-deux je ne me souviens pas. En tout cas j'étais une jolie dame. Assez élégante. Les yeux rivés à mes fesses, les hommes me couraient après. Certaines femmes aussi. J'ai toujours davantage regardé les femmes. Elles étaient plus intéressantes, même si les hommes sentaient meilleur. Une odeur animale que je ne pourrais plus définir.

Nous avions un canari. Je ne me rappelle plus son nom. Je crois qu'il portait un nom de ministre. Un beau matin on a trouvé sa cage ouverte, il avait disparu. Il cherchait peut-être les arbres. Quelques jours plus tard, il gisait derrière le rideau, petit, raide et encore vert. J'ai dit à maman : Regarde, il a des griffes comme une bête ! Visiblement, j'ignorais jusque-là qu'il en était une.

Entre l'enfant et la dame il y eut la guerre. Je conservais un éclat d'obus dans la commode de ma chambre. Ils l'avaient extrait de la jambe de papa avant de la lui couper. Je suppliai qu'on me le donne et le conservai dans une petite boîte. Tu as mis en boîte le dernier reste de la guerre, dit papa.

Je ne me souviens pas de son visage. À l'endroit où était le visage de papa, il n'y a plus qu'un vide. Ou une ombre. Ou une clarté. Il n'y a plus de visages.

Il avait une barbe, ça je m'en souviens. Mais peut-être était-ce seulement la haie d'épineux où j'allais quelquefois me cacher quand j'avais fait une bêtise. Ils m'en extirpaient toujours en sang, nue comme l'enfant Jésus. Je me demande si Jésus pleurait autant que moi. C'eût été charitable de lui faire cette grâce. Les larmes sont l'unique bénéfice qu'on tire de la souffrance.

Je ne me souviens presque plus de maman, bien qu'elle soit restée plus longtemps avec moi. Mais je me rappelle sa chaleur. Comme la pâte à pain qui sort du four. Et je sais encore qu'elle collectionnait les couteaux de cuisine. Ils étaient tous aussi dans la commode, à côté de la boîte avec l'éclat d'obus, les torchons et un petit saint en cire. Je crois que c'était saint Georges. Celui qui tue le dragon au nom du Christ, les couteaux de cuisine peuvent lui être utiles.

Je n'avais pas d'enfants et ne l'ai jamais regretté. Évidemment j'aurais été curieuse de ce qu'on ressent quand quelque chose de soi vous dépasse et vous prolonge dans l'avenir. Mais ça ne s'est pas trouvé. Alors que les hommes me traitaient bien. Ce qui m'a toujours étonnée, car moi je ne les traitais pas bien. Je ne les connaissais pas. Je n'ai connu personne vraiment, même pas moi. D'abord j'étais trop jeune. Après j'étais trop fière. Et à la fin trop vieille. L'âge venu on commence certes à comprendre de petites choses de temps en temps, mais ça ne vous sert plus à rien.

Les hommes ne m'étaient pas un besoin. Je suis bien tombée amoureuse quelquefois, mais comme je m'entichais du coq doré sur le toit de la mairie. Ou des papillons des chemins creux. Les papillons m'étaient plus un besoin que tous les hommes réunis. Et ils étaient aussi le meilleur remède à la tristesse. Peu d'hommes sont un défi, la plupart sont un fardeau. Ils ne savent plus être grands et tristes.

Un homme triste, j'en ai pourtant connu un, un seul. Il était grand et avait les genoux pointus comme il sied à un homme. Il avait aussi des lunettes, avec des verres comme des glaçons. Un jour je les ai chaussées et me suis étendue devant lui, à moitié aveugle. Son cœur a failli défaillir d'amour. C'est ce qu'il m'a dit plus tard. Peut-être aurait-ce pu être le bon, c'est bien possible. Mais il m'a claqué entre les doigts, avant même le réveil.

À partir d'un certain âge on croit qu'il ne vous reste plus rien. C'est une erreur. Tant qu'on vit, on peut encore faire des choses.

Mais, en gros, la vieillesse est une croix. Le seul avantage est qu'on s'allège. Le plus lourd, en effet, ce sont les pensées, et elles s'absentent de plus en plus. Beaucoup de choses se détachent toutes seules de vous. Tout à vrai dire.

Mes souvenirs d'enfance ont presque tous disparu. Mais il subsiste quelques souvenirs de souvenirs. Et ceux-là sont beaux. Du moins ils n'engendrent pas le malaise.

Ma mère, vers quoi m'as-tu poussée ?
Mon père, où m'entraînes-tu ?

Est-ce une chanson ?

Évidemment j'aurais bien aimé gagner moi-même mon argent. Au lieu de quoi j'étais une dame. Ce qui, en fin de compte, n'est pas enviable non plus. Une dame doit constamment porter un masque de fard et de fierté, il est si lourd qu'on ploie sous la charge. Le fard et la fierté ont fait saillir mes omoplates, elles ont fini par se décoller comme des ailes rognées.

J'aurais bien aimé filer au-dessus des champs comme les hirondelles. Ou au moins zigzaguer comme les papillons. Ils sont tout fous au printemps. C'est si beau qu'on en croirait presque en Dieu. Mais ça n'avancerait à rien non plus. La beauté des papillons n'a pas besoin de Dieu. Elle, elle existe réellement.

Mon élégance n'était pas innée. Quand je déambulais, jeune fille, devant la glace dans les chaussures de bal de ma mère, j'étais plutôt grande et replète, assez lourdaude au fond, et je chaussais deux pointures de plus. La nature ne m'avait pas gâtée comme Greta Garbo ou Thea Bobrikova. Mon élégance fut durement acquise, mais, pour Paulstadt, elle a suffi.

De temps à autre j'aurais bien aimé prier. *Assiste-moi, mon Dieu* ou ce genre de choses. Mais je m'en suis toujours abstenue. Je ne lui ai jamais parlé, même dans les cas de force majeure. De ce côté-là je n'attendais pas grand-chose.

Les petites filles, on les traînait à l'église sans

leur demander leur avis. C'était l'horreur. Devoir s'agenouiller, je trouvais cela insupportable. D'abord c'était humiliant, et puis ça faisait des taches sur mes bas. À confesse j'inventais des histoires. Elles étaient si belles, si perverses ! J'aurais mieux fait de les recopier et de les vendre au lieu de les chuchoter dans l'oreille froide du curé. Évidemment je n'étais pas une vraie pécheresse. Mes péchés étaient en réalité des joies. Dieu, ça lui était égal de toute manière, puisqu'il n'existe pas. S'il existait, il n'aurait pas besoin d'un représentant sur terre. Tout ce qui existe est humain. Dieu n'est pas humain, donc il n'existe pas. Depuis que je me répète cela, Dieu n'est plus un problème. Vivante, je n'avais pas peur de Dieu. Mes peurs étaient d'une autre nature.

C'est étrange : tous ceux que je connaissais, je leur ai survécu. Et ceux auxquels je n'ai pas survécu, je ne les connaissais pas. Maintenant je ne sais même plus si c'est triste. Je crois que mon humour est fichu.

Les choses disparaissent avec le temps. Ça s'appelle oublier. J'ai beaucoup oublié en cent cinq ans. Mais à présent je sais que rien n'est vraiment parti. C'est comme avec les vieux tableaux. Il y en a qu'on remise dans un coin, d'autres qu'on recouvre, et il y a ceux qu'on retouche. J'ai ainsi retouché quantité d'horreurs. Le feu et les bombardements. La raillerie et la solitude. Les oreillers mouillés de pleurs. Tous ces visages altérés. Et pour finir, la lente transformation en mal de mon propre visage. Je me suis toujours peint les choses en rose, ça n'a servi à rien.

Quand j'étais très jeune, un homme m'a dit : Anni, tu es si belle, je voudrais parler à tout le monde de ta beauté, mais les mots me manquent, et je la garde donc pour moi. C'était une effronterie caractérisée, je l'ai repoussé et lui ai dit de déguerpir vite fait. Sur quoi il est allé se tirer une balle dans la tête aux portes de la ville. Ce qui n'était pas très malin non plus. Au lieu du fil de sa vie, il a tranché le nerf optique et est resté aveugle des deux yeux. Mais l'infirmière s'est amourachée de lui et, plus tard, lui a donné quatre enfants. Il en avait toujours un pour le guider de par la ville. Il souriait aux anges, le visage levé vers le ciel. Nous ne nous saluions plus, mais je crois que c'était l'homme le plus heureux que j'aie connu.

Au fond je n'entends rien à l'amour, et tout ce que je sais de la vie, c'est qu'il faut la vivre. Mais j'ai tout de même une idée de ce que c'est que mourir : ça met un terme au désir, et si on se tient tranquille, ça ne fait pas mal du tout.

L'amour. La guerre. Le dieu. Le père. La mère. L'enfant. La haie et le secret. Les fleurs et la peur blanche. Le coupant. Le clair. La neige. Les éclairs de chaleur et la marmite de soupe. Trois petits rires et c'est fini. Le soleil. Le bateau. L'oiseau. La mort.

Tant de situations sont indignes, quand la fin

approche. Presque toutes, en fin de compte. Les piqûres et les aides à domicile. Les cachets et les corsets. Toute cette agitation pour un tout dernier reste de vie. Et ensuite ces chemises qui s'ouvrent à chaque pas en béant dans le dos. Un derrière fripé est aussi indigne qu'un mensonge mal ficelé. Sans dignité l'être humain n'est rien. Tant que c'est possible, on devrait s'y efforcer soi-même. Mais, quand la fin approche, seuls les autres peuvent encore vous la donner. Elle est dans le regard des autres.

Une phrase me revient maintenant. Si je ne me trompe, c'est moi qui l'ai pensée. C'est une phrase sinon à graver dans le marbre, du moins pour l'instant qui passe. C'est déjà beaucoup, en fin de compte.

Je fus d'abord humaine, à présent je suis monde.

Hannes Dixon

Le jour où le père Hoberg a cru bon de mettre le feu à la maison de son Seigneur, je rédigeai le gros titre suivant : *L'église brûle, Dieu vit !* Ce n'était pas la meilleure phrase que j'eusse écrite, mais c'était bon. À cette époque-là je croyais encore à la vérité, je pensais qu'on peut infléchir le cours des choses quand on est suffisamment porté par l'indignation. Plus tard cette croyance s'est un peu émoussée. Le monde changeait, la réalité devançait constamment la vérité, l'indignation fit place à un sentiment de résignation pas si désagréable.

Deux mètres et demi au-dessus de moi, dans le calcaire le plus modique qu'ait pu se procurer la mairie, est gravé : *Ici repose Hannes Dixon, citoyen et chroniqueur de Paulstadt.* C'est une absurdité, bien entendu. Les chroniqueurs sont des rats de bibliothèque qui consignent les événements en suivant la chronologie et les citoyens paient l'impôt. Je n'ai jamais fait ni l'un ni l'autre.

J'étais reporter. Plus exactement : j'étais

reporter, rédacteur, typographe, imprimeur et éditeur de l'unique journal local, *Le Courrier de Paulstadt.*

Quand, en lieu et place de mon père, dont je ne me rappelais déjà plus le visage ni la voix, ne nous arriva, après plus de cinq années de guerre, qu'une lettre officielle tapée à la machine où il était question de sacrifice du soldat pour l'avenir et la grandeur de la patrie, de devoir accompli, de sincères condoléances et de perte irremplaçable, j'allai me cacher derrière l'escalier de la cave à charbon pour y rédiger la première lettre de ma vie. Elle était adressée à mon père mort et je n'avais pas l'intention de l'envoyer. À quelle adresse d'ailleurs ? Je glissai la lettre dans une enveloppe et l'enterrai dans le jardin, sous le groseillier. Après quoi je partis dans les champs, m'effondrai dans un sillon de labour et pleurai jusqu'à ce que je me sente aussi sec et friable que la terre sous moi. L'été était torride, et j'avais quatorze ans.

Ma mère avait dû remarquer la terre soulevée sous le groseillier. Elle trouva la lettre et, me dit-elle plus tard, après l'avoir lue et relue du début à la fin, me fit venir à la cuisine. Assise sur son tabouret, elle me dévisagea. Quelque chose dans son regard avait changé. Il me paraissait incroyablement triste, mais il était tel que je me redressai. Étrangement je me sentais grand et fort en dépit de la honte que ce sentiment m'inspirait dans le même temps. Elle a croisé les bras sur sa poitrine. Pendant quelques instants le silence a régné dans la cuisine, puis elle a déclaré sans transition : « Tu étais l'enfant le plus formidable qu'on puisse imaginer. »

J'ai sursauté et l'ai fixée. Elle a laissé retomber ses mains sur ses genoux. « Tu n'en es plus un, maintenant, a-t-elle dit. Tu n'es peut-être pas encore un homme, mais tu n'es plus un enfant. Tu es mon fils et tu es plus intelligent que je l'aurais jamais cru possible. Tu es capable de penser. Tu es capable de voir dans les coulisses. Tu as des capacités, fais-en quelque chose. Promets-moi que tu en feras quelque chose ! »

J'appris plus tard que, la guerre finie, elle avait envoyé des copies de ma lettre au courrier des lecteurs d'un grand quotidien ainsi qu'à la mairie : « À l'attention de notre cher maire – personnelle ». Du maire point de nouvelles, mais le journal a imprimé la lettre, et ma mère en a accroché la page dans un cadre au mur du séjour, où elle demeura jusqu'à sa mort, emblème de sa fierté et perpétuelle exhortation à mon adresse. Laquelle disait : Ne sois jamais en dessous de celui que tu fus à quatorze ans.

Je compris l'impression que pouvaient faire quelques phrases bien tournées. Je décidai de consacrer ma vie à l'écriture. Plus exactement, je décidai de consacrer ma vie à l'écriture de la vérité, encore que je n'eusse pas la moindre idée de ce que pouvait bien être la vérité. Confusément, la mort de mon père m'avait semblé fausse, un grossier mensonge. Qu'avait donc d'héroïque pour quelqu'un le fait d'être tombé, la tête trouée de balles, dans une tranchée pleine de boue ? Et si quelqu'un était irremplaçable comme c'était écrit dans la lettre du lieutenant-colonel, pourquoi l'avait-on fourré dans cette tranchée ? Et pourquoi était-il tout le temps question de la terre de nos pères, quand tous les pères revenaient de ce gâchis dérangés, estropiés ou pas du tout ? Autant de questions qui m'agitaient. Et qui en posaient d'autres. Des questions que je n'avais jamais osé poser à ma mère. Des questions aux profs, à mes camarades, à la mairie, au passant lambda qui pouvait traverser benoîtement la rue, tandis que mon père gisait depuis longtemps quelque part sous terre. Puis venaient des questions qui me concernaient moi. Qui étais-je ? Qui voulais-je être ? Qui pouvais-je être ?

Un gamin de quatorze ans en culottes courtes décide d'aller jeter un œil dans les coulisses. Il veut devenir journaliste ou écrivain, ce qui pour lui ne fait guère de différence, mais un grand, en tout cas, ou au moins un de ces rédacteurs des journaux grand format qu'on trouvait au Lehmkuhl et dont les articles étaient signés d'initiales comme A.P., K.T. ou O.S. Ses chances sont médiocres. En réalité il n'en a aucune. Mais il a ces questions dans le crâne et un entêtement de mule.

Je m'engageai dans la publication du journal du lycée. Il paraissait en cent trente exemplaires, grâce à cinq élèves trimant sur du papier carbone pour en produire les multiples copies. J'étais en charge de la rubrique « Divers », où je consignais comptes-rendus des bagarres de récré et menus hebdomadaires de la cantine. Coincé derrière mon oreille, un petit crayon me donnait un sentiment excitant d'activité. Quand j'étais dans la cour, les autres m'observaient avec un mélange de curiosité et de mépris. « Alors, Dixon. Encore en train de fouiner ? » criaient-ils. C'était à la fois humiliant et stimulant.

Quand j'eus terminé le lycée, j'allai trouver la responsable de la bibliothèque municipale. Je lui dis que je voulais fonder un journal et lui demandai si on pouvait m'y aider. Si étrange que cela paraisse, elle ne se moqua pas de moi. Elle me regarda un moment, puis elle dit : « Suis-moi. »

Elle alla ouvrir une petite porte derrière le rayon des livres de cuisine, et après avoir descendu quelques marches, nous arrivâmes dans une cave voûtée. Une malheureuse ampoule pendait au plafond et promenait nos ombres sur des murs qui avaient l'air taillés à même la roche. Le sol était couvert d'une épaisse couche de poussière. « Là-bas », dit la bibliothécaire en désignant un coin. Entre la chaudière et des piles de livres usagés se dressait un énorme engin noir.

« Tu crois que tu peux en faire quelque chose ?

— Oui, dis-je. Je pense que oui. »

L'engin était une presse à cylindre de la marque Koenig & Bauer sur laquelle on imprimait jadis les nouvelles de la commune. Plus que centenaire, elle était cimentée dans un mélange d'huile de graissage et de poussière, et je mis près d'un an à la refaire fonctionner. Quand elle démarra enfin en émettant un son assez vulgaire et que les premières pages sortirent de la presse pétaradante, je poussai un cri de joie si aigu que ma voix se brisa et qu'une fine pluie de plâtre dégringola du plafond.

Deux mois plus tard, par une nuit d'hiver glaciale, peu avant mon dix-neuvième anniversaire, je composais pour la première fois le titre de mon nouveau journal : *Le Courrier de Paulstadt.* Police Walbaum-Fraktur, demi-gras, taille vingt-quatre, Anno 1812. À la lueur de l'ampoule, la vapeur de mon haleine m'apparut comme l'effluve d'une ère nouvelle.

J'ai fait ce journal durant trente-neuf ans avec un tas de collaborateurs assez fervents – du moins au début – pour croire au pouvoir du mot imprimé : retraités, ménagères, jeunes en rupture d'école, manœuvres, ingénieurs, enseignants sans poste, fainéants, écervelés, génies. Ils venaient, ils partaient. Je restais.

Trente-neuf ans.

Il est faux de dire que le temps se rétracte *a posteriori.* Ce fut une longue période, et elle me parut longue. J'ai fait ce que j'ai pu. Rien de ce que j'imprimais ne parcourait le monde, cela restait à Paulstadt. Mais quelle différence ? Chaque instant porte en lui le temps dans sa globalité ; dans les vitres de la Marktstrasse se reflète le monde entier. Tout au début, j'avais commandé, un jour, une édition du *New York Times.* Je voulais savoir ce que font les autres. Le journal arriva par la poste avec une semaine de retard. Mais ce n'est pas une question d'actualité. Si on veut être actuel, qu'on regarde dans la glace. Les nouvelles, elles, parlent toujours de ce qui a été.

Les Américains étaient bons, mais ils n'étaient pas meilleurs que moi. Les actes des hommes restent les mêmes. Ce qui diffère, c'est leur effet. Et même cela se relativise avec le temps.

Voulez-vous que je vous raconte une histoire ? Notez bien ! Il s'agit du tramway. Trois stations. Deux terminus, entre les deux : la place de la mairie. Du nord-est au sud-ouest et inversement. C'est ça le progrès. Si vous êtes contre, c'est que vous êtes mal informé. On est bien forcé d'écouter pas mal de choses, mais pas toutes. Il y en a qu'on peut ignorer. La mairie n'est tout de même pas un collecteur d'insultes. Ce sont toujours les aigris qui rouspètent. Ceux qui ont été évincés. Mais bien sûr que si : appelons les choses par leur nom. Il s'agit de nous. Il s'agit de l'avenir. Il s'agit de tout. Les trous dans les rues, quelle importance. On peut vivre avec. Dès qu'ils se remplissent d'eau, l'hiver, le gel les referme. Et l'été, les enfants peuvent y faire voguer de petits bateaux. C'est joli. Toute chose a ses avantages et ses inconvénients. Les temps n'étaient pas meilleurs autrefois, ils étaient différents. Tout change. Fluctue. Rien n'est gratuit. Les trous du budget sont plus gros que ceux des rues. Plus gros que les trous des marais aux portes de la ville. Ça sonne bien. Vous l'avez noté ? Ce n'est qu'une suggestion. Une belle formule. La politique n'a pas à dicter quoi que ce soit à la presse, bien sûr. Personne n'a à dicter quoi que ce soit à quiconque. De toute manière on parle trop partout. C'est-à-dire mal à propos. C'est-à-dire sans pertinence. La rénovation de l'école n'est pas à l'ordre du jour. Rien n'est à l'ordre du jour. Cette histoire de don non plus. Qui d'ailleurs est inexacte. On exagère tant. On déforme tant de choses. Tout, en fin de compte. La vérité est aussi malléable que le métal chauffé à blanc. La réalité est une question de point de vue. Ceux qui veulent peuvent s'informer. Ceux qui ne veulent pas, on les informe. C'est ça la liberté. Vous l'avez noté ? Parfait. De profil aussi, la photo ? Le tramway est une chose, le poison dans le hachis de porc de Buxter en est une autre. Il ne faut pas tout mélanger. Les torchons et les serviettes. Tout mettre dans le même sac. Chaque chose en son temps. Chaque chose à sa place. Où irait-on sinon ? Attendez ! C'est inacceptable ! C'est inexact. Absurde, et dangereux par-dessus le marché. La corruption n'a pas de nom. C'est le nom qui donne sa dignité à l'homme. Vous voyez le curé dans la rue sur le brancard, avec son dos comme un fond de tarte cramé ? Vous êtes au courant du garçon mort qu'ils ont retiré hier d'un trou du marais ? Vous avez lu les dernières volontés de Karl Jonas, qui voulait qu'on remplisse sa tombe de la terre de son champ ? Et l'article sur les pompiers qui vont ramper sur une montagne de débris pour chercher les survivants et les morts ? Pensez-y un peu. Pensez ce que vous voulez. Et croyez – dès que vous vous y autoriserez. Croire c'est savoir. Et le savoir se transforme en opinion. Notez ça !

L'enfant sans nom. La lumière perdue. La dernière action de Buxter. Un mort dans le champ. Trois morts sous le verre et la pierre. Le rêve du maire en ruine. Le silence de la mairie. À qui est la ville ? À qui est le soulier de dame rouge ? Une tombe de trop. Le gouffre de l'entretien des routes. Pas de démission, mais un tas de questions. L'hiver est là ! Pas d'été cette année ! Kobielski fête les trente ans de sa firme. C'était un assassinat ! C'était un homicide ! C'était involontaire ! Tentative de record place de la mairie. Sans blague : grève des fonctionnaires ! Une honte, ces graffitis ! Adieu, l'oncle Abu ! Un printemps glacial. Un automne décisif. La fin du thé dansant ? Démission cette année encore ? La chance de Paulstadt. La gloire de Paulstadt. Paulstadt sous le choc ! La sublime décoration florale de Paulstadt. La nuit décisive. Heureux événement à la maison de retraite ! Querelle de voisinage sous le prunier.

Ma mère est morte.

Ma mère est morte. Son odeur est restée longtemps dans la maison. Son ombre glissait sur la tapisserie de l'entrée, et il y avait des bruits partout : du papier froissé dans son tiroir, un tintement de tasse de café. Ses petits pas légers dans la pièce, étouffés par le tapis. L'ombre disparut et les bruits diminuèrent ou se transformèrent avec le temps. Les craquements du parquet et la vaisselle qui vibrait dans le buffet de la cuisine n'avaient plus rien à voir avec elle. Je suis seul et tends l'oreille dans l'obscurité.

J'ai continué pour toi. Mais ce n'était plus pareil. Ce jour-là dans la cuisine, j'ai vu la lettre dans tes mains sur tes genoux. Elle était maculée de terre. Tu ne souriais pas. J'aurais tant aimé que tu le fasses. Je ne voulais rien entendre. Je voulais défendre mon enfance. Je voulais te crier à la figure : « Je suis un enfant, je veux rester un enfant, toujours. Ton enfant ! » Je n'ai pas crié. Je l'ai fait pour toi. En ai-je fait assez ? Je l'ignore. J'aimerais y avoir regardé de plus près. J'aimerais y avoir regardé de moins près. J'aimerais que tu puisses être fière de moi. Ne m'en veux pas. J'ai jeté un œil dans la coulisse. À la fin j'ai soulevé le dernier rideau et j'ai vu : derrière il n'y a rien. J'aimerais n'avoir rien à regretter. Voilà toute la vérité.

Martin Reynart

La pluie était arrivée tout à coup, violemment. Comme si toute l'eau accumulée pendant une moitié d'été se déversait sur la ville en un unique et formidable déluge. Nous buvions des bières dans la voiture en écoutant de la musique. Tom à l'arrière, Kath à la place du conducteur et moi à côté d'elle. Elle n'avait le permis que depuis quelques semaines, et c'était la voiture de son père. Il la tuerait si elle laissait le volant à quelqu'un d'autre, dit-elle. Il l'attacherait par les cheveux au pont arrière et la traînerait à travers les champs. Ce jour-là, elle portait une robe courte en tricot, deux heures plus tôt je voyais encore le fin duvet de ses cuisses scintiller aux derniers rayons de soleil. À présent le soleil était couché depuis longtemps, l'obscurité avait englouti ses jambes, et nous croupissions dans la voiture, hagards, pas encore assez saouls pour nous sentir vraiment bien ; c'était un samedi soir, la route, la ville, la terre entière étaient mortes, la seule chose qui bougeait était cette pluie qui tambourinait sur la tôle et dégoulinait en larges traînées sur les vitres.

« Eh, Kath, ce n'était pas toi avec ce crétin l'autre jour ? a demandé Tom. Comment il s'appelle déjà ?

— Le crétin c'est toi.

— J'ai oublié son nom. Une asperge. Des bras de singe.

— C'est toi le crétin, et tu es bourré.

— J'aimerais bien.

— Fiche-lui la paix, j'ai dit.

— De quoi tu te mêles ? Tu penses que je ne peux pas me défendre toute seule ? a dit Kath.

— Aucune idée de ce que je pense.

— Nous les femmes, on n'est rien sans vous, c'est ça ?

— Jamais dit ça.

— Vous êtes vraiment toujours obligés de pourrir l'ambiance ? C'est samedi », a dit Tom.

J'aurais pu lui mettre mon poing dans la figure à lui, là, planqué derrière, la moitié de la face dans le noir, sa bière coincée entre les genoux. C'était toujours comme ça. Il commence, je ne fais que suivre et c'est moi qui prends. Mais on passait pour les meilleurs amis du monde, un mythe que je ne voulais sans doute pas fiche en l'air. Une bourrasque s'est abattue contre le pare-brise, et j'ai eu l'impression qu'un énorme poids était tombé du ciel, pile sur notre voiture, pile ici, dans le coin le plus mort de la ville la plus morte du monde.

« L'été est fini, j'ai dit.

— Il ne reste presque plus de bière, a dit Tom.

— Je n'en veux plus », a dit Kath.

Nous avons fait un tour dans le coin. Sur la route qui rejoint la nationale par l'ouest. Personne derrière. Personne en face. Nous étions la seule lumière, la seule chose vivante à des lieues à la ronde. Le vent abattait la pluie sur l'asphalte, sur les bas-côtés la terre avait l'air de bouillonner.

Quelque chose a surgi à toute vitesse devant nous, il y a eu un choc sourd. J'ai été projeté en avant puis sur le côté, un objet dur m'est entré dans la poitrine, le volant ou le levier de vitesse, que sais-je, me coupant le souffle un moment. Puis je me suis retrouvé de nouveau assis. J'ai respiré un coup, mais j'avais un mal de chien et j'entendais un drôle de gargouillis creux. J'ai regardé autour de moi. La voiture était plantée de biais dans le champ. Le moteur s'était arrêté, mais les phares brillaient toujours. La radio qui pendouillait du tableau de bord grésillait. Le pare-brise était fichu et décomposait la lumière en mille pièces de puzzle minuscules. Du liquide coulait sur ma main, mais ce n'était pas de la bière.

« C'était quoi, ça ? » a fait Tom à l'arrière. Il n'avait pas bougé d'un pouce. Mais sur sa joue béait une longue déchirure, d'où pissait du sang qui coulait sur son menton.

« Un renard, un truc de ce genre, j'ai dit. Pas quelqu'un en tout cas.

— Qu'est-ce que tu en sais ?

— Trop petit. D'ailleurs il n'y a personne ici.

— Tu fais un drôle de bruit.

— Je sais.

— Qu'est-ce qu'elle a ta chemise ? C'est du sang ? »

Kath, qui était affaissée sur son siège, la tête dans les genoux, s'est redressée : « Il va me tuer ! Il va me tuer !

— Oh, arrête, on va arranger ça.

— Non, a-t-elle dit. Regarde la radio ! »

Soudain l'habitacle s'est éclairé. Une voiture approchait à toute vitesse, elle a ralenti et s'est arrêtée. Un homme a couru vers nous sous la pluie : « Vous là, vous êtes OK ? »

Tom a descendu la vitre. « Non, a-t-il dit. Lui, il saigne et il fait un drôle de bruit.

— Quand je respire, ai-je précisé.

— Bon Dieu ! dit l'homme en nous fixant. Restez où vous êtes. Je vais chercher du secours ! » Il a regagné sa voiture en trébuchant et il est parti.

« Il va me tuer, a dit Kath. Il va nous tuer, tous.

— J'ai besoin d'un peu d'air », j'ai dit, et je suis sorti de la voiture.

« Et le volant est fichu aussi », a encore gémi Kath.

Dehors tout était noir comme dans un four. La pluie avait diminué, et je me suis imaginé que l'air frais me ferait du bien. La terre émettait un bruit de succion sous mes pieds. À chaque pas je m'enfonçais dans la gadoue jusqu'aux chevilles. Quand j'ai été certain qu'ils ne pouvaient plus me voir, je me suis écroulé à genoux et me suis mis à pleurer. Je sentais comme quelque chose de profondément enfoncé en moi, et c'était bien le cas. J'ai essayé d'explorer l'endroit de la main sous la chemise, mais il n'y avait qu'un trou mouillé qui palpitait. Je me suis penché en avant et j'ai vomi un flot de sang. J'ai plaqué ma figure sur la terre et hurlé dans la boue. Je pensais à Kath et à son père. Il la tuerait. Ou elle lui. Elle en était capable. Ensuite elle se tirerait avec Tom, elle l'épouserait et tout et tout. Soudain je comprenais. Tout ça n'était qu'un jeu et ils jouaient tous contre moi. Ils m'avaient éliminé. Tom et Kath. Ensemble. Lui surtout. Il aurait tout. Il avait gagné.

Il était arrivé dans la classe un an après moi. Quand il avait dit son nom, devant, à voix basse, tout le monde avait compris qu'entre nous la constellation allait changer. Les filles étaient sous le charme. Elles étaient folles de lui. De ses cheveux noirs qui lui donnaient l'air un peu indien. De ses longs cils. De sa peau lisse. Et de cette fichue voix douce et onctueuse. On le plaça à côté de moi, et forcément on devint amis. Mais il y avait une disparité dans notre amitié. Ça a peut-être l'air idiot, mais, dans ses parages, quelquefois je me sentais comme un petit clébard pleurnicheur. C'est l'effet qu'il me faisait.

Par beau temps on traînait tous dans le parc ou, la nuit, dans le Champ. On sifflait des bières et on essayait les cachets qu'on avait piqués dans l'armoire à pharmacie des parents. On les rangeait par couleur et par forme et on les avalait les uns après les autres. La plupart du temps il ne se passait rien, mais parfois ça vous assommait drôlement. Dans mon souvenir c'était toujours le printemps. Il faisait chaud, il y avait la bière, les cachets et ces essaims de petites choses blanches toutes légères qui voletaient dans l'air. Nous courions tous les deux après Kath. Nous la suivions partout. Ou peut-être était-ce l'inverse. Savoir qui était tombé en premier amoureux de qui ! Et nous étions tous amoureux de la vie. Je ne me croyais pas jaloux, mais un beau jour je lui ai dit d'arrêter de l'allumer comme une pute. Elle s'est contentée de fermer les yeux et de tendre son visage vers le soleil. Je crois qu'elle le lui a dit ensuite.

La douleur. C'était comme si, à chaque mouvement, quelque chose s'enfonçait dans ma poitrine. Tout ce sang. Je crois qu'il en sortait maintenant plus par la bouche que par ce trou dans la poitrine. Le gargouillis s'était transformé en une sorte de ronflement rauque. J'étais un animal et c'était ma voix. Je m'insinuai dans la terre, y creusai une tanière avec ma tête. Exit Martin.

Un jour il m'a embrassé. Nous étions dans le Champ avec Schwitters et les autres, j'étais couché sur la dalle du maire, il s'est penché au-dessus de moi brusquement en souriant. « Qu'est-ce qu'il y a, connard ? » j'ai dit, et la seconde d'après il pressait sa grande bouche humide sur la mienne. Je vais lui casser la gueule jusqu'à ce qu'il demande grâce, je me suis dit. Mais je ne l'ai pas fait. Je n'ai même rien fait du tout. Je suis resté couché là bêtement, sa langue dans ma bouche, incapable de bouger. Puis il s'est levé et il est allé chercher une bière. J'ai fait comme si c'était une blague idiote, mais j'avais envie de pleurer.

Des voix. Des appels, des cris. J'ai levé la tête et jeté un œil à la route. Il y avait au moins trois ou quatre voitures arrêtées. Dans la lueur du gyrophare le sol avait l'air de fumer. Les flics parlaient tous en même temps. J'en connaissais deux de vue. Courbé en deux, un pompier faisait hâtivement des allers-retours entre son véhicule et la voiture accidentée. À côté de l'ambulance, une couverture sur les épaules, Kath parlait à un flic. Dedans, Tom était couché sur un brancard. Je l'identifiai à ses baskets. Bleues avec une semelle jaune. Tous les deux dans la lumière. Il n'y a pas d'anges. La lumière est là pour tout le monde. Il pleuvait encore. Mais chose étrange la pluie tombait très lentement. Des fils argentés sur fond noir, comme au ralenti. Quelqu'un a crié mon nom. Je n'ai pas bougé. En quoi cela me concernait ? J'étais un animal dans la terre. « Tom ! » faisait la pluie sur ma figure. Tom. Tom. Tom. Tom. Ses chaussures jaune-bleu avaient été à moi un jour. Tout ce qu'il possédait m'avait appartenu un jour. Je n'en avais plus besoin. Leurs lampes de poche oscillaient dans l'obscurité. Juste devant moi se dresse le renard. Il tend ses pattes de devant toutes raides, puis il se couche à côté de moi, sa gueule contre ma figure. Il me chuchote : Reste là sans bouger. Ils ne nous trouveront pas.

Linda Aberius

I

Je ne peux pas dire pourquoi, mais j'en suis certaine : c'est une montagne dans le Sud. Et tout en haut il y a un hôtel. Un bâtiment aéré, lumineux. La vue est dégagée de tous côtés. Au-dessous se déploie la couverture des nuages, infiniment vaste et blanche. C'est l'hiver. Ça fait déjà un moment que nous sommes ici (des jours ?) et il y a des gens sympas autour de moi. Mais pas un seul visage…

Je suis prise d'une agitation. Le pressentiment d'un départ imminent. J'imagine que je fais partie d'eux. Mais de qui ? Soudain il est à côté de moi. Nous discutons. Sa nuque et ses cheveux embaument et il sourit. Nous nous asseyons et je pose mes mains sur mes genoux. L'étoffe sous mes doigts est fraîche. Ses explications sont amicales mais déterminées. Il parle, tête baissée. Je n'entends pas de paroles et comprends pourtant tout.

Il est temps. La plupart des gens sont déjà en bas. À cet instant je saisis que je suis à nouveau seule. Mais c'est pourtant très simple, me crie quelqu'un, il est allé dans sa chambre. Avec elle ! Ils sont tous les deux ensemble maintenant.

Un peu plus tard je descends le sentier de montagne d'un pas leste. Un vent froid me souffle à la figure. Mais c'est brûlant derrière mes yeux. Ils sont en haut, loin derrière moi.

Je t'aime…

Sur le bord de la route il y a une chose. Elle a de la poussière sur la figure et les yeux ressemblent à des flaques bleues sur du calcaire. Soudain je ressens de vives douleurs, et je m'aperçois que mon bras gauche manque. Arraché de mon épaule. Horrifiée, je commence à dévaler la montagne. Je ferme les yeux. La douleur diminue lentement, et enfin, enfin…

II

Du cœur de la nuit jaillit un grondement. Du ciel il neige des étoiles froides. L'enfant gît au fond de la forêt. Ne vous fatiguez pas, dis-je, vous ne le trouverez pas… Il y a une petite joie maligne en moi. J'enfouis mon visage dans la bonne chaleur, car je sais : maintenant tout va bien. Il n'arrivera plus rien. Peu à peu le silence revient. Pas un souffle d'air. J'hiberne dans ton aisselle.

III

C'est dégoûtant ici, dit l'homme en agitant les bras, dégoûtant, puant, pourri, mais n'empêche qu'on s'amuse ! Je remonte la Marktstrasse. Les boutiques s'alignent des deux côtés de la rue, pareilles à des boîtes peintes de toutes les couleurs. Ça donne envie de les balancer pêle-mêle. Qu'es-tu, Paulstadt ? Tes racines sont à peine plus profondes que la cave de la mairie. Et les rats rongent déjà ! crie quelqu'un en titubant sur le pavé. Il est la bêtise en personne. Je le sais, mais ne peux rien y changer. L'homme rit. Ses bras sont les fanions de l'adieu. De la place de l'église me parvient une odeur de bois carbonisé. Et à cet instant-là je comprends : ce n'est qu'un rêve dans le rêve. Il n'y aura pas de réveil.

Bernard Silbermann

Je les entends. J'entends leurs pas sur le chemin couvert de petits galets ronds. Je les reconnais à leurs pas. Je sais qui ils sont, bien avant qu'ils soient au-dessus de moi et se mettent à parler.

Je sais ce qu'ils disent, bien avant qu'ils ouvrent la bouche.

Je les entends même quand ils restent cois. Je les connais.

Leurs pas.

Trap. Trap. Trap. Lourds et mous. Trap. Trap. Trap. Lentement, lentement, chaque chose en son temps.

N'est-ce pas, Camille ?

Bonjour, Bernard. C'est une belle matinée aujourd'hui. Il fait chaud. Il faudrait que tu sentes la terre. Elle sent l'automne. Épicée. Avec une vague odeur de fumée.

Je sens la terre, Camille, comment faire autrement ? Elle emplit mon crâne. Mais ici en bas ça ne sent pas la fumée. Ça ne sent que la terre, plus ou moins humide.

C'est peut-être l'air finalement. Je crois qu'ils brûlent des feuilles là-bas, à l'entrée sud-ouest de la ville. Ils le font toujours à cette époque. Quelle est l'odeur de la mort, Bernard ?

La mort sent le sel. Tu as apporté des fleurs ? Tu sais bien que je n'aime pas les fleurs. Ça me fait tout de même plaisir. Tu les as achetées chez Gregorina ? La boutique est toujours là ? Non, tu les as piquées, pas vrai ? Tu t'es glissée dans le parc avant le lever du soleil. Regnier va trouver les tiges coupées et en faire des drôles de trucs. Pose-les. Passe encore une fois tes doigts sur les pétales. Ça te fait du bien. Tu es une voleuse, Camille !

Étrange, mais, dès qu'on pénètre dans le cimetière, le temps change. Il n'y a presque pas de vent ici, et même quand c'est couvert, tout donne une impression de clarté et d'espace. Même quand il pleut, c'est plus beau qu'en ville. La pluie tombe en silence et elle est avalée par la terre. C'est tranquille chez vous.

J'ai oublié depuis longtemps à quoi ressemble le ciel. Et ce n'est pas tranquille chez nous. Au contraire, c'est plein de bruits et de voix. Ça gratte, ça ronge, ça racle. Et ce ne sont pas que les bêtes. Même les racines font du bruit. Parfois ça vrombit aussi. Un vrombissement qui monte des profondeurs et enfle lentement.

On voudrait se recroqueviller et disparaître, mais il n'y a plus rien à recroqueviller, et puis ça passe aussi. Il n'y a pas de tranquillité. Nulle part.

Mais regarde un peu, il y a déjà des herbes qui poussent sous la dalle. Et elle n'était pas précisément bon marché. Elle vous fera quelques générations, nous a raconté le tailleur de pierre, tu te souviens ? Il lui fallait crier parce qu'il ne s'était pas donné la peine d'arrêter sa ponceuse.

C'était un escroc. Il hurlait tout le temps, la figure couverte de poussière de marbre. Tous des escrocs et des criminels. Ils exhibent leurs dents en or en essuyant leurs capots, leurs poignées de porte et leurs dalles de marbre avec leurs petits chiffons, ils parlent de qualité, de statut social et on se retrouve piégés. Qu'est-ce que tu fais ? Cesse de gratouiller cette fente. Ça ne sert à rien, tu vas juste te casser les ongles. Ils sont encore laqués rouges, Camille ? Tes ongles sont-ils encore rouges ?

Il y en avait une encore plus belle. Et plus chère ! Elle avait de fines marbrures rosées, et quand on passait la paume dessus, elle était chaude comme du bois. Italienne. Ou chilienne ? Oui, elle venait du Chili, une vraie sud-américaine, a dit le tailleur de pierre. Nous aurions peut-être dû prendre celle-là.

Arrête, Camille. Tu crois vraiment que tu vas en venir à bout ? Ce n'est que de l'herbe. De l'herbe et de la mousse. Qu'est-ce que tu as, Camille ?

Je suis triste.

Le truc est plus tenace que n'importe quelle pierre, d'où qu'elle vienne et quoi qu'elle ait coûté. Il nous a eus, voilà. Ils nous ont tous eus…

Sais-tu que j'ai trouvé des cheveux de toi encore des années après ta mort ? C'est à peine si tu avais un poil sur le crâne quand je t'ai rencontré, n'empêche que l'appartement en était plein. Le dernier, je l'ai trouvé il y a un an. Il était de toi, sans doute possible. Court et blond, presque blanc.

C'est bien de t'entendre, Camille.

Il faut que je te raconte une histoire ! Elle est macabre. Mais assez drôle aussi, je trouve. Il s'agit de Kobielski. Tu sais qu'il adore les tondeuses. Il est complètement dingue de ces engins, je crois qu'il en a plus dans son garage que d'autos dans son magasin. Tous les dimanches il tond. Un bruit d'enfer, on se croirait à une course d'automobiles, et cette puanteur, tu te rappelles ? L'autre jour il remet ça. Nous sommes sur la terrasse, il fait chaud, le soleil brille, et voilà Kobielski en caleçon de bain et en sandales, le bide blanc, les guiboles blanches, en train de pousser sa nouvelle acquisition – un truc énorme avec un moteur de tracteur – en tous sens dans son jardin. Il y en a pour une bonne heure. Au moins. C'est bruyant, ça pue, Kobielski prend son pied, le cirque habituel. Et puis… je ne sais pas comment c'est arrivé, s'il a glissé dans ses sandales avachies ou si les lames ont rebondi sur une pierre ou une racine, la machine se met à ruer, recule en titubant et le fait choir par terre avec fracas. Nous entendons un vilain bruit, puis plus rien.

C'est qui « nous » ?

Ça va, Kobielski ? je demande. Il est comme figé sur place et nous fixe sans rien dire au-dessus de la clôture. Je vois qu'il sue comme un bœuf. La sueur lui ruisselle sur le visage et les épaules. Ça va ? je redemande, et là il secoue la tête. Non, dit-il, je crois que non. Il soulève un peu la tondeuse, et son pied apparaît dessous. Là où était son gros orteil il y a un orifice sombre d'où s'écoule du sang. Apparemment le reste du pied est indemne. Autant que je puisse voir, même la sandale est intacte. Kobielski regarde dans l'herbe. Puis il se penche pour ramasser quelque chose. De là où nous sommes c'est rond et blanc comme un champignon. C'est son orteil. Il le brandit : ils pourront peut-être le recoudre. Il dit ça tranquillement, mais il est blanc comme un linge.

Qui c'est « nous », Camille ? Qui est sur la terrasse avec toi le dimanche après-midi ?

En fin de compte ils n'ont pas pu le recoudre. Kobielski le conserve dans un bocal, à ce qu'il nous a dit. Il est sur son buffet, à côté de la caisse aux épices. Mais je n'en suis pas certaine, tu le connais, n'est-ce pas.

Oui.

Je m'en vais, Bernard.

Comment… qu'est-ce que tu dis ? Bien sûr que je le connais… Il débloque. Il est simplement… Kobielski, égal à lui-même. Un point c'est tout.

Je m'en vais d'ici.

Dans un bocal ? Il ne tourne pas rond. C'est incroyable de faire ça. Il donne toujours à manger aux oiseaux, au fait ? Il pourrait finir par comprendre qu'ils en meurent. Le sucre et la graisse les tuent. Les oiseaux meurent d'hypertension. Ou ils éclatent. Les buissons fourmillent de petits oiseaux éclatés. Et ça fait sortir les renards des bois ou pire encore les rats du canal. C'est sans doute pour ça qu'il le fait. Il débloque, ce Kobielski, je crois que toute cette essence lui a brouillé la raison…

Bernard…

Mais qu'est-ce que tu as enfin, Camille ? Ta voix est dure. Et ne dis pas tout le temps Bernard. Ça fait si sérieux. La première fois que tu m'as appelé Bernard, j'ai su que plus rien ne serait comme avant. Là devant toi, tout à coup je me suis soudain senti un homme.

C'était bien, et en même temps quelque chose était perdu. À chaque instant on perd quelque chose. Tu te souviens comment tu m'appelais avant ? Appelle-moi comme ça, Camille. Je voudrais qu'on s'appelle encore par nos anciens noms, Camille.

Je ne regretterai pas Paulstadt. Je ne l'ai jamais aimée, tu le sais. Mais nos années communes, j'y penserai souvent. Elles ont été heureuses, merci, Bernard. J'ai eu beaucoup à faire ces dernières semaines, maintenant tout est réglé. Et avec l'argent de la maison ça ira. C'est allé très vite. Deux signatures, pas plus.

Tu as vendu notre maison.

Un camion pour les meubles. Hier j'ai cueilli les cerises une dernière fois. Un plein panier, rouge foncé, presque noires. Nous aurons aussi un jardin, mais pas de cerisier. En revanche je verrai les montagnes. Tu te souviens combien je regrettais les montagnes ? Bientôt je pourrai les voir au réveil en regardant par la fenêtre, n'est-ce pas magnifique ? Et quelqu'un viendra. Quelqu'un s'occupera de toi, Bernard. Et des plantes. Et des mauvaises herbes. Ils viendront une fois par mois enlever la mousse dans les fentes et ils ressouderont la pierre. Ils ponceront et poliront encore la dalle. Je veux que la lune s'y reflète.

Arrête de pleurer, Camille.

Les fleurs sont vraiment belles. Je crois qu'elles te plairaient.

La maison, ils t'en ont donné combien ? Et notre armoire ? Elle est plus ancienne que la maison. Tu ne peux pas l'emporter comme ça. Elle ne résisterait pas au transport. À moins que tu ne la démontes. Mais le bois s'est fragilisé avec le temps. Et qui est-ce qui recollera les différentes parties ? Tu te rappelles le temps que nous avons passé devant ? Nous imaginions que les dessins du bois formaient la carte des routes et des chemins que nous parcourrions un jour. Et tu riais, Camille. Tu ne te rappelles plus ? Tu ne pouvais plus t'arrêter de rire.

Adieu, Bernard.

Et n'essaie pas de lui faire passer l'escalier d'un seul tenant. Elle est trop lourde, elle se briserait. Il ne s'agit pas des choses que nous gardions dedans. Elles ne comptent pas. Qu'était-ce, d'ailleurs ? Des outils. De vieux draps. La déco de Noël, ce genre de choses. Il s'agit de l'armoire. Et de ton rire. Ton rire, Camille, tu ne comprends donc pas ?

Camille ?

KURT KOBIELSKI

La veille au soir je m'étais laissé convaincre de revendre un Ford Transit 67. Il avait de la gueule et nous avions passé toute la matinée à gratter de gros paquets de rouille noirs sur le réservoir d'huile. Il fallait aussi faire quelques soudures. À midi j'en avais assez. Je suis allé m'asseoir sur un banc au parc municipal. À l'ombre des marronniers. Il faisait frais. Deux avions filaient très haut dans le ciel en dessinant une croix effrangée.

Il faudrait changer l'essieu arrière, je me suis dit, au moins ça.

Un oiseau s'est approché en sautillant. Il est resté un moment devant moi sans bouger. Puis il s'est envolé. Je me suis adossé et j'ai étendu les jambes. Mon pantalon était criblé de taches d'huile et avait des trous aux genoux. Vus d'en haut, les genoux ressemblaient à de petites figures blanches.

Je n'ai pas pu m'empêcher de sourire.

Une femme en jeans est passée en courant. Ses jeans étaient serrés, et ses fesses ballottaient ou tanguaient ou titubaient, tandis qu'un chien courait là-bas sur la pelouse. Sa langue pendouillait à côté de sa gueule, comme ce bras rose que j'avais vu une fois se balancer à la fenêtre d'un bus scolaire.

J'étais las, mais d'une bonne fatigue. Je n'avais mal nulle part, je n'avais pas faim et je n'avais pas soif.

Je me disais que je pourrais peut-être garder le Transit.

Il y a eu un bruit de feuilles froissées au-dessus dans l'arbre, une petite chiure blanche a atterri juste à côté de moi sur le banc. Platsch ! À ce moment-là j'ai su : aujourd'hui aura été le jour le plus heureux de ta vie.

Et il en fut bien ainsi.

Connie Busse

Le soleil dans la fenêtre. C'est ainsi que cela commence. J'aurais dû faire la vitre, me dis-je, nettoyer les vitres à fond avant de partir. Maintenant c'est trop tard. Les fenêtres sont des aimants à poussière. Va comprendre où elle trouve à s'accrocher sur cette surface lisse. Et comment elle peut laisser des traînées. Toujours ces traînées.

La jambe velue de Fred se frotte à la mienne. Il sait y faire. Sans insister mais pas trop doucement non plus. Surtout pas trop doucement. Pas d'excitation si tôt le matin. De cette absence d'excitation viendra peut-être l'excitation. Le contrat implicite. La plante de ses pieds se pose comme une petite bouillotte sur mes orteils froids. Le visage à moitié caché sous la couverture, il me regarde innocemment, esquissant en mesure de petits mouvements du menton. Il ressemble à un chiot. Le grattement des poils de barbe contre le tissu, c'est la mélodie de nos matins. Fred dit : J'ai envie de m'enfouir en toi.

Je dis : J'aurais dû laver les vitres. Il se serre contre moi et me chuchote à l'oreille : Il y a des choses bien plus excitantes à faire.

Maja et le chien déboulent dans la chambre. Elle est toute nue, sa chemise de nuit s'est perdue sur le chemin de la salle de bains. Elle s'arrête, nous regarde, ne comprend pas, ne veut pas comprendre. Des taches de soleil tremblent dans ses cheveux. Puis elle éclate de rire et se jette sur nous dans le lit. C'est aujourd'hui qu'on part ? Oui ! Vraiment aujourd'hui ? Oui ! Le chien sautille et aboie follement devant le lit.

L'oreille de Maja, toute proche.

Les fins cheveux soyeux derrière elle.

Sa joue. Sa petite épaule ronde.

Son rire. Notre rire. Le chien qui aboie.

Fred qui gronde et fait le monstre sous la couette.

Évidemment la voiture est pleine comme un œuf. Ce n'est pas un départ, c'est un déménagement. Très juste, dit Fred, on déménage nos habitudes. Et il embarque une grosse caisse de livres. Il les a tous lus. La plupart plusieurs fois. Il en a même écrit un. Une sorte de chronique locale qui s'intitule *Paulstadt, commune sans voisinage.* Il ne l'a écrit que pour le trimbaler sans cesse et justifier au besoin son travail de bibliothécaire municipal. Il a besoin d'objets familiers, argue-t-il, l'étranger est assez étranger comme ça. Mais à présent il vérifie l'huile. Et l'eau. Ainsi que la pression des pneus. Ce qu'il fait en tâtant gauchement les côtés des pneus du bout des doigts. C'est une affaire sérieuse. C'est pour des tentatives de ce genre que je l'ai aimé jadis. Maja geint. Elle veut qu'on gonfle son ballon d'eau. Il faut l'emporter gonflé pour qu'on voie la figure du dauphin, autrement pas moyen de partir. Fred le lui gonfle. Ses joues fraîchement rasées sont roses et brillantes. Maja est contente. On y va ? On y va. La couverture, l'enfant et le chien sur le siège arrière. Ouste ! En voiture. On part. Les visages rieurs de Maja et du dauphin bleu et jaune dans la vitre arrière. Paulstadt disparaît, maman ? Oui, ma chérie, comme tout sur terre.

Les champs. Derrière eux, un mince rideau foncé d'arbres.

Les mains de Fred sur le volant. Ses doigts en mesure de « Let's Get It On ».

Un poids lourd plein de porcs. Leurs oreilles et leurs groins entre les lattes de bois.

Mon visage dans la vitre du poste de douane.

Le signe de main paresseux du douanier.

Le paysage jaune. Les citrons. Les olives. Les ruines. Et au bord de la route, réellement : un âne.

Les bruits de Maja dans son sommeil.

Ma main à la vitre ouverte.

Notre maison de vacances est située un peu au-dessus du petit village de la côte, avec vue sur le port et la mer. Autrefois il y avait de la pêche, aujourd'hui ce n'est plus que du folklore. Quelques restaurants et des bars à touristes, une demi-douzaine de boutiques de souvenirs, une petite plage et, juste derrière, un hôtel de dix étages avec soirée dansante au bar de la piscine. Fred aime cet endroit. Il dit qu'il n'est pas assez laid pour vous repousser ni assez beau pour vous exciter inutilement. Bizarrement je lui donne raison. Il n'y a rien de trop ici, tout est à peu près suffisant. Ça a quelque chose de rassurant, qui plus est c'est dans nos moyens. Nous y venons pour la quatrième fois et Maja reconnaît « ses choses ». La chambre avec le lit bleu. Le seau et la pelle dans le garage. La tache de moisi au plafond de la cuisine, qui change sans cesse de forme et fait penser cette année au profil d'un homme en colère avec un chapeau. Le matin nous allons nous baigner, l'après-midi nous restons sur la terrasse, et le soir nous dînons dans le seul vrai restaurant de poisson de la promenade du port. Umberto, notre loueur, nous a dit que le poisson arrivait, congelé, de Norvège, c'est pour ça qu'il est bon. Ça ne nous dérange pas. L'air du port au moins est italien, les légumes probablement aussi.

Allongés sur la plage, nous regardons Maja creuser le sable. Elle est fourrée dans un trou jusqu'aux épaules et creuse toujours plus profond, sérieuse et concentrée. Regarde, c'est là notre fille, dit Fred. Oui, dis-je, je crois qu'elle est un peu bête. Un peu, oui, concède Fred, mais, à part ça, elle est assez réussie. Nous acquiesçons tous les deux. Je tente de sourire. Il fait une chaleur écrasante. Je transpire sous l'huile solaire. Normalement on devrait sentir un petit vent venant de la mer. Deux bateaux de tourisme se balancent au large. Mais ici pas le moindre souffle, l'air est immobile, et du sable colle à mon front. Je n'aime pas le sable. Il colle au front, aux aisselles, entre les orteils, et vous irrite la peau. J'ai lu qu'il y a plus de bactéries à la surface d'un grain de sable que d'habitants dans une petite ville. Fred dit que c'est absurde, mais secrètement il pense comme moi. C'est dans ces moments-là que nous nous comprenons. Maja veut une glace, maintenant. Tu en as déjà eu deux, j'objecte. Elle fond aussitôt en larmes et s'écroule. Elle se laisse simplement basculer en avant et sanglote dans le sable. Je dis : Ça y est ! Fred dit : Jamais de la vie ! Il bondit, attrape notre fille qui se remet déjà à rire, la couche sur son épaule et se précipite dans l'eau avec elle. Je me colle le chapeau de soleil sur la figure et les entends s'ébrouer en criant. Maintenant que ma bouche est cachée, j'émets des bruits moi aussi. Un léger claquement de langue, un fredonnement et un bourdonnement sous la paille chauffée par le soleil.

Sur le chemin du retour je glisse sur un bloc de béton en grimpant et m'ouvre le poignet avec un bout de métal. La plaie n'est pas profonde, elle ne fait pas plus de deux centimètres, mais pour je ne sais quelle raison la vue de ma peau à vif m'affecte bizarrement, je m'agenouille et fixe le sang qui coule sur la pierre entre mes pieds. Pas grave, dit Fred avec entrain, on va mettre un petit pansement et c'est bon. Mais ce machin débile était rouillé, j'objecte. Allons, tu es une grande fille, dit-il en riant comme un gamin de quinze ans.

Les jours passent. Une sorte de repos s'instaure, qui n'est au fond qu'une torpeur croissante. Il fait trop chaud pour se promener, ouvrir un livre ou, à défaut, baiser. Même les pensées semblent s'évaporer dans la chaleur. Une couche de nuages immobiles surplombe la mer depuis des jours. Elle est grise et passe vers le soir au rouge orangé. C'est beau, mais Maja pense que le ciel est malade et qu'il a de la fièvre. Elle au moins va bien. Ici tout lui plaît, tout la fait rire. Le ciel malade. La drôle de mer. Les yeux ternes des poissons sur l'assiette. La glace à la fraise qui coule comme un serpent rose sur le dos de sa main. Les contorsions de Fred dans l'eau. Depuis ma chute, Fred et Maja vont à la plage sans moi. La plaie s'est infectée, j'ai un pansement au poignet et ne veux pas qu'il soit en contact avec le sable, les saletés et l'eau salée. Fred le change tous les matins et Maja dessine ensuite un petit visage dessus. Il rit et il est censé me consoler. Ce qu'il fait d'ailleurs. Je passe les matinées au lit, la fenêtre ouverte. Je savoure la solitude. Le chien ne compte pas. Il reste couché devant la porte et dort la plupart du temps, la langue pendante comme un chiffon mou.

Le halètement du chien.

Le petit grincement du ventilateur au plafond.

De grondement de la mer, point. Le grondement c'est celui de la route derrière la colline.

Le grondement.

Le halètement.

Le grincement.

Le ciel blanc.

La pièce blanche.

Ils déboulent et sentent la mer. Fred arrache son T-shirt et fait des pompes sur le sol. Son ventre touche chaque fois le carrelage avec un bruit de succion. Son dos est rouge vif, le sable ruisselle de ses cheveux. Il émet des bruits de glouglou, rampe jusqu'au lit, puis revient vers la porte. Il ne voit pas la petite flaque qu'a laissée la langue du chien. Il est un crabe. Maja aussi. On est des crabes, on t'a rapporté la mer, crie-t-elle en vidant sur les draps un seau de coquillages et de petits galets mouillés. Je fais semblant de me réjouir. Ah ah, je crie, ah ah !

La nuit, je suis réveillée par les bateaux de pêche qui grincent et claquent sur le port. Le vent s'est levé, annonçant du gros temps. Le souffle de Fred est profond et paisible. Sa bouche est entrouverte. Il a le même aspect qu'autrefois. Je me glisse dans la chambre de Maja, me penche sur le lit et contemple son visage. Il est si beau qu'il me donne envie de pleurer. J'ignore pourquoi tout ce que je fais tranquillement ressemble à un adieu.

Plus que deux jours avant le retour. La tempête a été terrible. La violence des vagues a poussé un des bateaux de tourisme contre le mur du quai et percé un gros trou dans le bois. Umberto dit qu'il n'y a plus rien à faire, mais que c'est leur faute : le bateau avait au moins cinquante ans et tenait grâce à la peinture et aux prières du propriétaire. On aura du bois pour le feu de la fête du port. Maja pleure. Sans pouvoir expliquer pourquoi, elle sanglote violemment dans mes bras. Un peu plus tard elle dit qu'elle est triste à cause de la fête du port à laquelle on n'assistera pas. En plus, le bateau lui fait de la peine. On dirait que le trou a été creusé par une bête sous-marine. Il va sûrement mourir maintenant. Je lui ôte son chemisier dans la salle de bains et presse mon visage dans la tache humide de ses larmes.

Le dernier jour, assis sur la terrasse, Fred et moi regardons la mer. Maja dort dans notre lit. J'affiche depuis environ vingt minutes un sourire béat, exclusivement destiné à Fred. Il est censé lui manifester mon assentiment principiel à sa personne, ces jours de vacances et la vie en général. Je contemple l'horizon avec ce sourire figé et dis : Ici à la mer, je me rends toujours compte de ce besoin de liberté que j'ai. L'infini avec toutes ses variations possibles de proximité et de distance. Fred dit : Ah, ah. Je dis : C'est vraiment le paradis. Fred dit : Oui, mais, depuis la tempête, ça pue un peu, je crois que ça vient des algues qui stagnent là-bas derrière. Je bois une gorgée de jus d'orange, puis pose ma main sur son bras : Tu ne peux pas admettre que c'est le paradis parce que tu as peur d'en être chassé. Ta peur d'en être chassé est telle qu'il te faut chasser l'idée du paradis avant même qu'elle puisse naître en toi. C'est possible, évidemment, dit-il. Je retire ma main et reprends une gorgée de jus d'orange. Les mouettes criaillent au-dessus de nous. Il dit : Les algues se répandent à la surface. Elles forment un tapis épais, gluant, qui pourrit au soleil et qui étouffe toute vie en dessous. Je le regarde : Ce que tu peux être tarte ! Mais ça ne se dit pas, mon chat, objecte Fred, c'est un mot des années cinquante qu'on ne trouve plus que dans les romans de gare ou je ne sais quel navet télévisé. Alors, je peux dire comment ? Aucune idée, dit Fred, niais ? Si Maja n'était pas dans notre lit, on pourrait aller s'allonger tous les deux. Il me jette un regard de biais : Je t'aime. J'ai horreur de ça. Ça vous force à répondre. Impossible de ne pas répondre à *Je t'aime.* Je reprends une bonne gorgée de jus d'orange. Il est particulièrement sucré et savoureux. Je vide lentement le verre et le repose. Puis je dis : Je t'aime aussi.

C'est à ce moment-là qu'arrive Umberto. Son visage est rouge et moite comme s'il avait de la fièvre. Venez, s'il vous plaît, je crois qu'il est arrivé quelque chose, dit-il. Nous faisons le tour de la maison sur ses talons. Je jette un coup d'œil à Maja par la fenêtre. Elle dort, le ballon au visage de dauphin à côté d'elle dans le lit. Venez, dit Umberto. Nous remontons sur quelques centaines de mètres la route qui serpente sur la colline brûlée par le soleil. Regardez, dit Umberto. Sur le bas-côté gît notre chien, mort. Son poil est sale et hérissé. Sur son ventre s'ouvre une plaie béante d'où jaillit une sorte de bulle bleutée scintillante. Des mouches bourdonnent autour de lui. Fred pousse un gémissement. Un son que je ne l'ai entendu émettre qu'une fois, il y a des années. Il lève les deux mains comme pour saluer quelqu'un, puis les laisse retomber, court vers le chien et tombe à genoux à côté de lui. Umberto dit : C'était une voiture, avec ces virages en épingle… Oui, dis-je, une voiture. Il dit : Je suis désolé. J'acquiesce. Fred passe ses bras sous le corps du chien et tente de le remuer. Il caresse son poil derrière l'oreille et chasse les mouches en agitant les mains. C'est étrange, précisément maintenant je pense à la manière dont nous nous sommes rencontrés. Il était devant la papeterie de la Marktstrasse, un morceau de gâteau à la main. J'ai vu son visage reflété dans la vitrine et j'ai vu des miettes de son gâteau tomber par terre. Il n'avait rien de beau ni de particulièrement frappant, mais quelque chose dans son attitude m'a touchée. Je crois qu'il m'a fait de la peine.

Maja fait irruption derrière nous. Elle est dans

la rue pieds nus, en maillot de bain, les mains en visière devant ses yeux pour s'abriter du soleil. Maman ? dit-elle, maman ? Rentre à la maison, dit Fred. Prends notre fille, bordel, et ramène-la à la maison !

Je m'imagine :

Les deux hommes sur la colline.

Leur souffle haletant.

Leur sérieux muet.

Les mains.

La sueur sur le front de Fred, sur sa nuque.

Le bruit sourd des mottes de terre sur le corps mort.

Nous prenons la route le soir même. Umberto nous offre deux bouteilles de vin en guise d'adieu. Il soulève Maja et dit : L'année prochaine tu seras déjà trop lourde pour moi. Elle rejette la tête en arrière et fixe le plafond. Fred est au volant, il est décidé à tenir jusqu'à la maison. Nous faisons des signes de main en partant. Umberto crie quelque chose d'inintelligible, puis il disparaît. La nuit est chaude. Le ciel est couvert. Presque pas d'étoiles. La lune de temps à autre. Les routes sont calmes, il y a peu de circulation. Ça va être tranquille, dit Fred. Sûrement, dis-je. Ici à l'intérieur il y a son odeur partout, dit-il. Oui, dis-je, on devrait faire nettoyer la voiture, Kobielski fait le nettoyage complet maintenant. Qu'est-ce que c'est, un nettoyage complet ? demande Fred. Ils nettoient tout, dis-je, du pot d'échappement aux tapis de sol. Ils essuient même les miettes de la boîte à gants. Quelles miettes, demande Fred. Je dis : Je ne sais pas, toutes les miettes enfin. Fred allume la radio. Ça fait combien de fois qu'on l'entend, cette chanson ? demande-t-il. Aucune idée, dis-je, on l'a vraiment déjà entendue ? Il éteint la radio. J'ouvre la fenêtre. Le chant des cigales semble saturer l'air. Baisse la vitre, Maja dort, dit Fred. Je baisse la vitre et coince ma main entre mes cuisses. La plaie sous le pansement fait mal. Une douleur vive, lancinante. Je ferme les yeux et presse ma tête contre l'appui-tête. En somnolant, je me dis : Tu l'as mérité, c'est la punition. Mais de quoi ? Je me réveille et vois défiler les lumières de la nuit. Nous roulons en silence. Puis Fred dit soudain : Elle n'a pas posé une seule question. Tu comprends ça, toi ? C'est une enfant, dis-je. Depuis quand est-ce que les enfants ne posent pas de questions ? dit-il, c'est tout de même son chien qui s'est fait écraser. Peut-être qu'elle sait qu'il n'y a pas de réponse, dis-je, d'ailleurs c'était notre chien. Quelquefois tu es un peu trop intelligente pour moi, dit-il, je n'arrive pas à suivre. Je dis : Arrête.

Au lever du soleil Maja se réveille. On est encore loin ? On arrive bientôt, ma chérie. Tu vois les arbres là-bas, ce sont des peupliers, pas des cyprès. Les peupliers sont les gardiens des champs. Ils veillent sur nos pommes de terre. Aussi sur les tomates ? Aussi sur les tomates, surtout sur les tomates.

Je déroule le pansement de mon poignet. Ne fais pas ça, dit Fred, quand on sera arrivés, on ira chez le médecin. La plaie est sombre, elle suinte, la peau s'est infectée sur les bords. J'ouvre la fenêtre et tends mon bras dans l'air. C'est quoi ce trait, maman ? Qu'est-ce que tu veux dire, ma chérie ? Le trait rouge sur ton bras, regarde, on dirait une route. Oui, tu as raison, chérie, c'est une petite route rouge.

La silhouette de Paulstadt émerge devant nous dans la brume matinale. Fred frappe le volant des deux mains et dit : Tu vois, tu t'es trompée, elle n'a pas disparu, elle vit !

Oui, crie Maja, elle vit ! Elle vit !

Sur la voie d'accès nous croisons la première vague des travailleurs du matin. Maja agite la main. Personne ne lui répond. La journée va être belle, dit Fred, l'été n'est pas encore fini, loin de là. Je vois un mouvement au-dessus du Champ, comme une ombre furtive. Et pas un nuage. Pas un oiseau. Rien que le ciel vaste et blanc. Il vaut peut-être mieux qu'on aille tout de suite chez le médecin, dis-je, je crois que je préférerais. Fred me regarde. Puis il rétrograde d'une vitesse et accélère. À partir de ce moment-là tout va très vite.

Harry Stevens

Réfléchir à la mort de son vivant. Une fois mort, parler de la vie. À quoi bon ? Les vivants n'entendent rien à la première ni les morts à la seconde. Il y a des pressentiments. Il y a des souvenirs. Les uns et les autres peuvent tromper.

Souvenez-vous de Richard Regnier. Celui qu'ils surnommaient le fou. Possible qu'il ait été un peu fou, mais je l'étais aussi, et c'est justement ce qui était bien. En tout cas je le pensais, et je le pense toujours, si on peut parler de penser. Nous n'étions pas tout à fait ce qu'on appelle des amis. Nous ne nous racontions pas nos secrets ou ce genre de choses. Nous aimions simplement être ensemble, un point c'est tout.

Un soir nous nous étions donné rendez-vous place de la mairie. Nous voulions aller boire un verre ou deux à La Lune d'Or. Il avait sa salopette et ses godasses de travail crottées. « Eh, Regnier, lui ai-je dit, aujourd'hui c'est ma tournée.

— Oui, a-t-il dit, d'accord. »

Nous avons marché lentement et fait quelques détours. C'était une des dernières chaudes soirées d'automne. Le ciel s'était un peu couvert. L'air était doux et humide. Regnier a sorti deux pommes de sa salopette. Nous les avons mangées en marchant, allez savoir pourquoi ces deux pommes, ce soir-là, étaient si bonnes.

La porte de La Lune était ouverte, une odeur aigre de bière répandue flottait dans l'air. Il y avait deux hommes au comptoir. L'un d'eux est parti d'un brusque éclat de rire, puis il a laissé tomber sa tête sur sa poitrine et s'est figé dans l'immobilité.

« Viens, a dit Regnier, on marche encore un peu. »

Nous avons flâné autour de la Marktstrasse, nous sommes passés devant l'école et avons continué vers la sortie de la ville. Tous les quelques mètres Regnier cueillait quelque chose dans un buisson ou une haie, se le fourrait dans la bouche et le mâchonnait.

« Qu'est-ce que c'est ? ai-je demandé.

— De la verdure, a-t-il dit. Tu ne t'imagines pas tout ce qui te pendouille ici sous le nez. »

Entre-temps la nuit était tombée. Il n'y avait presque plus de lumières aux fenêtres. La lune planait au-dessus des arbres. Nous avons dépassé les derniers jardins et continué dans un chemin creux. Ici dehors soufflait une petite bise qui nous apportait une odeur d'engrais. Nous avons marché un moment sans échanger une parole. Soudain Regnier s'est arrêté :

« Je voudrais te montrer quelque chose.

— Quoi donc ?

— Il faut d'abord que la lune disparaisse. » Il s'est retourné en désignant un front de nuages gris qui se levait au-dessus de la ville.

« Va sûrement pleuvoir, ai-je dit.

— Espérons, a-t-il dit en tirant un paquet de cigarettes de sa poche.

— Depuis quand fumes-tu ? ai-je demandé.

— Sais pas, a-t-il dit. Depuis toujours. »

Nous avons allumé des cigarettes. L'allumette a flambé entre nos visages, et j'ai eu un instant l'impression d'être à un feu de camp. Deux gars quelque part en pleine nature. Nous avons fumé en regardant les nuages se glisser lentement devant la lune.

« Elle te plaît, non ? a demandé soudain Regnier.

— Qui ?

— Arrête…

— Aucune idée. On ne s'est jamais dit plus de deux ou trois mots…

— Elle te plaît », a-t-il répété.

J'ai haussé les épaules. « Regarde un peu ses mains. Elles sont toutes fines, et blanches.

— Pas les ongles. Ils ont des cernes noirs à cause de la terre des fleurs.

— Oui. Et maintenant ?

— Je ne sais pas. Je ne m'y connais pas dans ces choses-là. Elle me plaît. Elle te plaît. Un point c'est tout.

— Oui, ai-je dit. Sans doute. »

Les champs semblaient plus sombres tout à coup. C'était comme si la nuit venait seulement de tomber.

« Ça commence », a dit Regnier.

Il a fait un signe vers le centre de loisirs de Paulstadt. On distinguait à peine sa silhouette émerger au loin dans la plaine.

« Je ne vois rien.

— Attends. »

Je fixais l'obscurité. J'entendais Regnier transférer son poids d'une jambe sur l'autre, la terre craquer sous ses pieds, et je pensais aux mains de la fleuriste et au cerne sombre de ses ongles.

« Maintenant », a-t-il dit.

Je n'ai d'abord rien vu sinon une colline noire dans la nuit noire. Puis j'ai aperçu une lueur diffuse au bord inférieur. C'était une lueur douce, qui semblait planer et parut soudain s'étirer en longueur et dessiner un arc scintillant dans l'obscurité. Et au même instant, la colline s'est mise à briller. Elle brillait d'un bleu pâle, presque translucide, qui s'accentuait puis faiblissait, telle une vague éclairée par la lune ou comme le dos d'un énorme scarabée en train de respirer. C'était un miracle là-bas devant nous dans l'obscurité. Ça a duré quelques secondes, puis la lueur s'est éteinte, c'était passé.

« C'est la route qui va à la nationale, a dit Regnier. C'est le bon moment. Il n'y a presque pas de circulation. Quatre phares c'est déjà trop clair. Et il faut qu'il y ait des nuages dans le ciel.

Mais pas de pluie, dans ce cas il fait trop sombre. Aujourd'hui c'est parfait. »

Nous avons attendu encore trois autres voitures, puis avons tourné les talons et pris le chemin du retour.

« Il faudrait sortir d'ici un de ces jours, ai-je dit.

— Oui, a dit Regnier. Faudrait bien. »

Nous nous sommes dit au revoir sous le vieil arbre de la Kernerplatz. Je l'ai suivi des yeux un instant, puis suis parti dans la direction inverse. J'ai flâné par des chemins détournés et longé le vieux mur du cimetière en direction de la Marktstrasse. Le vent s'était levé et bruissait légèrement dans les cimes des arbres. J'étais fatigué, mais le souvenir de ce que j'avais vu là-bas dans les champs me donnait un sentiment de légèreté, de liberté. Quand je suis arrivé à la Marktstrasse, les premières gouttes commençaient à tomber, et au tabac de Sophie Breyer il pleuvait déjà des cordes. Je me suis imaginé un instant rester simplement debout sous la pluie, le visage tourné vers le ciel. Mais finalement je me suis mis à courir, la rue était déserte et je voulais entendre mes pas claquer dans les flaques.

Pour en revenir à Regnier : un jour il a disparu sans crier gare. Nul à Paulstadt ne savait où il était passé. Il n'avait dit au revoir à personne et personne ne l'avait vu partir. Il s'était volatilisé. J'ai tenté en vain de me représenter quel genre de personne il était en réalité.

Les années ont passé et j'ai vieilli, puis je suis mort. À mon enterrement le sureau était en fleur et l'assistance étonnamment nombreuse. Regnier n'était pas parmi elle. Il n'est pas venu, car il était parti avant moi, et je ne le lui ai jamais pardonné.

Mon banc est-il encore là ? Et le bouleau ?

DU MÊME AUTEUR

Chez Sabine Wespieser éditeur

LE TABAC TRESNIEK, 2014 (Folio n° 6079)

UNE VIE ENTIÈRE, 2015 (Folio n° 6409)

LE CHAMP, 2020 (Folio n° 7023)

LE DERNIER MOUVEMENT, 2022

*Tous les papiers utilisés pour les ouvrages
des collections Folio sont certifiés
et proviennent de forêts gérées durablement.*

*Composition : IGS-CP à L'Isle-d'Espagnac (16)
Impression Maury Imprimeur
45330 Malesherbes
le 1er janvier 2022
Dépôt légal : janvier 2022
Numéro d'impression : 259862*

ISBN *978-2-07-293112-3 / Imprimé en France.*

376725